Marguerite Duras

玛格丽特·杜拉斯

Les petits chevaux de Tarquinia

Marguerite Duras

塔尔奎尼亚的小马

[法] 玛格丽特 · 杜拉斯　著

马振骋　译

上海译文出版社

致吉内塔和埃利奥

目 录

第一章

萨拉起床很晚。已经十点多了。气温没变过，还是热。每天早晨总是要过上几秒钟才想得起来大家到这里是来度假的。雅克还在睡，女仆也是。萨拉走进厨房，吞下一碗冷咖啡，走进游廊。孩子总是第一个起床。他全身赤裸着坐在游廊的台阶上，正监视花园里壁虎的走动、河里小船的行驶。

"我要去乘汽艇。"他看到萨拉时说。

萨拉答应他。孩子说的有汽艇的那个人来了才三天，谁都还不怎么认识他。可是萨拉答应孩子要带他上这艘汽艇。然后她到浴室找来了两罐水，给孩子淋了好一会儿。他瘦了一点，面有倦容。夜里谁都得不到休息，就连孩子也是。这两罐水用完，他要再来几罐，然后还要几罐。她去取水。他在凉水下笑，复活过来了。淋浴一完，萨拉就要给他吃中饭。在这里，孩子从来不太急着吃东西。这个孩子爱喝牛奶，牛奶在这里一过八点钟就变酸。萨拉冲了点淡茶，孩子机械地喝着。给他什么他都不吃，又去盯着小船和壁虎看。萨拉在他身边待了一会，然后决定把女仆叫醒。女仆嘟囔了一声，没有动。这与别的一样说明天热，萨拉也不比叫小孩吃东西那样更坚持。她淋浴，穿上一条短裤和短袖衫，接着因为大家都在度假，她也就没事可做，除了与孩子并排坐在游廊的台阶上，等待他们的朋友吕迪到来。

河在离别墅几米远的地方流过，宽阔色浅。路沿着河流一直延伸到海边，远处汪洋一片，油光光的发乌，笼罩在奶白色的薄雾中。这块地方惟一美丽的东西就是这条河。地方本身，并不美。他们到这里来度假就是因为吕迪他喜欢。这是海边的一个小村子，——西方国家年代悠久的海，是世上最封闭，最炎热，最多历史沧桑的地方，不久前还在海边打过仗。

因而，三天以前，确切地说三天加上一个夜晚以前，一位青年踩着了一枚地雷，在山里，就在吕迪的别墅上方。

事故发生的第二天，那个有汽艇的人来到了酒店。

这座山的山脚下，沿着那条河，有三十幢房子，一条七公里长的土路把它们跟其他地区隔开，路在这里的海边停住。这个地方就是这个样的。这三十幢房子每年住满了来自各国的夏日旅客，这些人都有这个共同点，就是吕迪在这里才把他们招引过来的，他们相信大家都爱在这些荒野度假。三十幢房子和沿着房子前仅仅只有一百米的碎石路。吕迪说他喜欢的就是这个，雅克说他不讨厌的就是这个，这地方什么都不像，那么偏僻，以后毫无扩展的希望，由于山太陡峭，河又太近，萨拉说她不喜欢的也是这个。

吕迪和他的妻子吉娜十二年前来到这里。他还是在这里跟她认识的。这事已有十二年了。

“汽艇，”孩子说，“这是世界上最漂亮的东西。”

只有这个人是偶然来到这里的，不是因为吕迪的缘故。一天早晨他乘了他的汽艇来的。

“等一天我们上那艘船去。”萨拉说。

“哪一天？”

“不会多久的。”

孩子全身淌汗。这年夏天全欧洲都热。他们到了这里，也在受夏天的罪。在这座山脚下，山太近了，萨拉觉得令人透不过气来。她曾对吕迪说：

“我肯定就是对岸也会凉快些。”

“我在这里待了十二年啦，你一点不了解这地方。”吕迪说。

雅克对两岸的区别没有意见。对萨拉来说，那里夜夜显然会有清风吹起。对岸确实有二十公里的平地绵延到山前，在事故发生的第二天，扫雷员的父母就是从山那边过来的。

她去取水，给孩子湿了湿额头。他很开心让

人这样做。三天以来，事故发生以来，萨拉避免去拥抱孩子。吕迪到的时候，她给他穿衣完毕。那时十一点钟刚过。雅克还在睡，女仆也是。吕迪来后，孩子换了游戏。他开始在她刚才给他洗澡的地方玩沙堆。

“早上好，”吕迪说，“我来看看你。”

“早上好，吕迪，你可以去把雅克叫醒了。”

吕迪抱起孩子，咬他的耳朵，把他放在地上，走进雅克的房间。他一进去就打开护窗板。

“现在还不起来，你什么时候游泳？”

“那么热。”雅克说。

“比昨天要好一些。”吕迪说，语气很肯定。

“你什么时候才不会拿人开玩笑。”

吕迪不会为热叫苦连天，就像一棵无花果树，就像那条河。他让雅克醒来，自己出去跟孩子玩。萨拉站起身，梳头。吕迪说到汽艇的魅力，说它开得跟汽车一样快。他也如同孩子那样很想上那个人的船。听到他说话，突然萨拉想起吕迪说过她的那些话。现在已有八天了。有一天晚上，在一场争吵时，雅克把这些话说给她听。那场毫无意义的争吵后的第一天——除非是在争吵时她听到了吕迪说过她的那些话——山上发生了那桩事故。在这个早晨以前，她没有时间去想吕迪说她的那些话。由于山上出了事故，也可能是由于那个人和他的汽艇来了。

“你跟我们一起游泳去吗？”吕迪问。

“我不知道。哦，说到这儿，他们一直还在山里吗？”

有两天三夜，扫雷员的父母在捡他们孩子的尸体残片。有两天他们固执己见，坚信还有没捡到的。只是从昨天开始他们不再寻找了。但是他们还没有离去，没有人清楚这是为什么。舞会已经取消。全镇哀悼。大家在等待他们离开。

“我还没有去过，”吕迪说，“但是我从吉娜那里知道他们还在。我相信这是因为他们拒绝在死亡报告上签字。尤其是那个母亲。三天来要求她签字，她连听都不听。”

“她没说为什么吗？”

“好像没说。你为什么不跟孩子去游泳？”

“太热了，”萨拉说，“还有这条白痴路，直到海边看不到一棵树。我再也受不了了。真没劲，我再也受不了了。”

吕迪低下眼睛，点燃一支烟，没有回答。

“以前还有一棵树，”萨拉继续说，“竖在广场上。他们居然把所有的树枝都砍了下来。在这个地方，显然他们跟树势不两立。”

“不，”吕迪说，“树是被碎石子弄死的，我跟你说过。自从路上铺了碎石子后树就死了。”

“碎石子从来没有弄死过哪棵树。”萨拉说。

“有，”吕迪一本正经地说，“真的。这里不是一个专门种树的地方，这点我是同意你的。种无花果树可以，橄榄树还行，小月桂树也还行，种地中海的小树都可以，但是其他你要的那些树，那可不行了，这个地方太干燥。但这不是谁的错。”

这回萨拉没有回答。雅克正在起床。他进了厨房，喝他的冷咖啡。

"我喝了咖啡就来。"他对吕迪说。

"注意啦，"萨拉继续说，"或许树是被碎石子弄死的，这有可能，但是那样就不应该把碎石子铺到树底下。"

"他们不知道啊。这里的人，就是无知。"

他们待了一会儿什么都没说。孩子听着他们。他也对树有了兴趣。

"我看到那个人在他的船里，"吕迪说，"他在洗船，在洗船，正对着酒店的门前。"

萨拉笑了起来。

"我也真的喜欢乘上那艘船去遛遛，"吕迪笑着说，"但不是一个人，跟你们大家。"他又说："现在也跟这个人算是认识了。昨天晚上他到滚球场来了，就这么一下子跟我们玩了起来。"

"后来呢？你跟他谈起他的船了？"

"那还不至于，"吕迪说，"到底只是刚认识。"

"我，"孩子说，"我跟爸爸和吕迪去游泳。"

“不，”萨拉说，“我还是要说今天早晨你别去。”

“为什么？”吕迪问。

“太热。”

“我要去，”孩子说。

“阳光对孩子有好处，他们也经得起晒，”吕迪说。

“我确实夸张了一点，你要去就去吧，”她对孩子说，“你爱做什么做什么。”

萨拉对吕迪友情很深，任何情况下他的话都愿意听。孩子瞧着她不敢相信。

“你要去就去吧，”她又说了一遍。“你们要去都去吧。”

女仆走出屋子。她用力揉眼睛，对吕迪很可爱地问了声好。男人都使她动心，就像对牛奶动心的猫。

“你好，吕迪先生。”

“你好，你们这房子里的人都起得这么晚。”

“热得没法闭上眼睛，那也只好在早晨

睡了。”

她走入厨房，也喝起了冷咖啡。雅克在走廊尽头的一间小浴室里淋浴。吕迪坐在游廊的台阶上有意盯着河看。萨拉坐在他旁边，抽烟，同时也盯着河看。孩子在花园的草丛里搜索，试图抓住一只壁虎。

“那么，他球玩得好吗？”萨拉问。

“不怎么样。但是我觉得他挺客气。有点儿……冷淡……就是这样，安安静静，但是挺客气。”

女仆出现在厨房窗子前。

“那么，中午吃什么？”

“我不知道。”萨拉说。

“您不知道，那不会是我知道吧。”

“大家去酒店，”雅克从浴室里喊道，“我不在这里吃。”

“那就没必要带了我来度假了，”女仆说。“他呢？”

她指指孩子。

“他在这里吃。”雅克喊道。

“不，”孩子说，“我跟大人一起上馆子。”

“或许可以把他带去吧。”吕迪说。

吕迪非常喜欢那孩子。

“不，”雅克说，“我要大家安安静静吃上一顿。”

“您给他买些牛肝吧，”萨拉说，“还有番茄。”

“牛肝，”女仆说，“这里的人怎么说的？”

“Fegato di vitello.”吕迪笑着说。

吕迪很容易笑，雅克也一样。

“这里的话我总是说不像，”女仆说，“您要给我写下来。”

“Fegato di vitello，”吕迪又说了一遍，“我给你写下来吧。”

女仆带了一张纸和一支铅笔走到游廊前，递给吕迪。

“你们都是上哪里去买肉的？”吕迪问。

“我不知道。”萨拉说。

“上肉铺，”女仆说，“那里卖的要比给扫雷员父母肥皂箱的怪人好。”

雅克从浴室出来，头发湿湿的，光着上身。

“说来也是，”他说，“他们还在吗？”

“还在，”吕迪说，“我相信是那个女的不肯在死亡报告上签字，那个男的他会签的，女的就是不干。”

“这很可怕，”雅克说，“想到他们今后还是会让她签字的。”

他看看吕迪，然后萨拉，然后又是吕迪。

“好啦，去游泳吧。”他对萨拉说。

“我就是去也要等会儿去。”

“那么我们走吧。”吕迪一边站起身一边说。

“还是去吧。”雅克又说。

尽管他们都觉得对方不可忍受，这些朋友还总是要求每个人都在晚上，甚至夜里，跟别人一起出现在滚球场上。这也没有阻止吕迪说起她时说出他对她的看法，也没有阻止雅克承认是这么一回事。她要女仆去找孩子的帽子。女仆去找。

找了好长时间。

“你要是不去，那你接下来做什么呢？”雅克问。

“我接下来看书。或者什么也不做。”

一段时间过去了。

“帽子呢？”

“找不到，”女仆说。“带这么一个男孩您以为容易……”

她走出去，对着孩子喊：

“你的帽子，你扔到哪里去啦？”

“我不知道。”孩子说。

“他才四岁，”雅克说，“是您应该知道他的东西在哪里，不是他。”

“我真烦了。”女仆说。

“虽是这么说，”吕迪说，“您还是不应该容忍她整天这样说，这样听了真累死人。”

“这是萨拉的错。”雅克说。“只要不烦着她，怎么做她都行。”

萨拉站起身，走进屋里找帽子。她很快就找

到了，给孩子戴上。

“那么，再见。”吕迪说。

雅克没跟她说再见。他们走了。她觉得他们一走气温就一下子升高了。她在原地待了一会，什么都不做，坐在游廊的台阶上。她想到孩子走在土路上，晒在无情的毒日头下，害怕了。孩子都不喜欢戴帽子，他们不知道阳光的害处。雅克和吕迪生来就是这样，不认为戴帽子是必不可少的。萨拉尽量少去想它，但不容易做到。她最后决心拿起放在桌子上的那本书，那本她认为自己正在阅读的书，那本她每天早晨从别墅带出来的书。两周以前，抵达的第二天，她就开始读了。她读了起来。

她读到女仆出现准备去买东西的时候，也就是十分钟。女仆有一个情人，当地的海关人员，到现在已有几天了。她此后怨的只是天热，再也不怨这个地方了。

“请您给我一点儿钱买东西好吗？”

萨拉到房间里去拿钱。

“今天晚上您做什么？”女仆问。

萨拉说她还不知道，现在太早，还定不下来。孩子保姆的这个问题，每天晚上都要问。女仆有这个海关员情人，他只有到了晚上才可以下班。晚上，每个人都上床很晚，要图个凉快。

“我问您这句话，”女仆说，“是因为我今晚想要出去。”

“既然您已经作出了决定，我在想您又何必问我要做什么呢？”萨拉说。

女仆犹豫了一下。

“您呢？”她问。

“我待在这里。”

“每天晚上都这个样，我也为您烦呢。”女仆好意地说。

“不见得吧，”萨拉说，“这样您才没一点儿烦呢。”

“既然我跟您这样说……他只有晚上才有个空出来一下。”

“虽是这么说，”萨拉说，“今晚我可能想

出去。”

“再看吧，”女仆说，“过会儿再看吧。”

她走了。萨拉和雅克对她很和气，甚至还有点感情，但是他们有时候禁不住要对她发火。除了他们两人，其他人都对她没好感。她有许多情人，每次遇到男人都随随便便相信，全心全意，屡教不改。他们喜欢她的也是这点，还有她的放肆态度，也是屡教不改，对谁都一个样。

她走后，萨拉也立即重新把书读了起来。屋内变得很清静。而四周的园子都空无一人：一星期来农民只有在晚上才灌溉。在那条路上经过的只有卡车，有时候一辆小货车；在路上经过的只有噪声和灰尘。在此期间，只有胡蜂绕着花发出的嗡嗡声，侵扰着早晨浓酽酽的空气。太阳不发亮，浓雾把天空扣在一个铁箍儿里，把阳光也闷住了。这里什么事都做不成，书拿在手里都会融化。胡蜂窥伺着进行阴险无声的打击，故事也都撞成一片片掉落下来。是的，热浪把心都撕碎了。惟一可与它相抗衡的，就是完整的、纯净的下海欲望。萨拉把书放在游廊的台阶上。其他人都已经在海里了。或者，就是没有在海里，也是随时随地都可以往海里跳的。这些已是幸福的人了。萨拉怀念海。她那么怀念，竟没有时间去关一下别墅的门。

汽车停放在花园深处一个灯心草盖的屋顶下。出车的操作既费时又困难。但是她开车技术很好。两分钟内就把车子开了出来，五分钟内到了酒店的广场上。她靠墙停下，借夹竹桃的一点阴影来遮盖发动机。那里，道路变成了一个广场，广场中央恰是那棵死了的梧桐树，在它倒运的日子里，有人说不是给碎石子弄死的。酒店正门朝向广场，酒店前的天棚也是这地方一块真正的遮阳处，这里什么时间都有人，是度假地的必要的几何地带。萨拉停下。她要是不像大家那样一天要在这里停上十次，那是不可想象的。她走到露天座。那个男人在那里。他们相互问了声好。然后她绕过酒店，走到迪亚娜的窗下喊她。迪亚娜回答说马上下来。萨拉很高兴迪亚娜在。

她不再想吕迪说了些什么，却只想到海。她回到天棚，在那男人附近坐下。服务员过来了。她要了一杯浓缩咖啡。

“我看见吕迪过去了，”那人说，“还有您的丈夫和孩子。”

“那么您，”她说，“不游泳吗？”

“过会儿。现在我要去弄一会儿船。”

“啊！是的！”她问，“在船里一点儿不热吧？”

“一点儿不热。”

“这一定很不一样。”

两天前那个早晨，在同一个时间，当她从别墅过来，他发现了她的存在，出其不意地。她从他的眼神看出是这样的。两天来，早晨，在这同一个时间，她跟他进行这类谈话。

“很舒适。”他回答说。

他瞧着她，就像两天前，带着惊讶，然而没那么拘谨。他们两人独自坐在天棚下，在说话间歇的时刻，周围就像乡野那么沉寂。这是个三十来岁的男人。独自一人。他的汽艇很华丽。还没有哪个旅游者上过他的船。他们都十分想上，尤其是吕迪和孩子。假期，又加上天热，每个人都渴望海，海水浴，乘汽艇兜风。因为这个地方到了夏天刮起一种风，尽管各人脾性不一样，谁都觉得它烧人。这人的身体线条是流动的，体格有点儿弱，棕色，跟海很相配。他还是独自一人带着这艘船。那是在两天以前，他突然发现了萨拉的存在。这天早晨，他继续有这样的发现。

天气非常热，他们在天棚下单独一起。萨拉看到他发绿、贪求自由的目光。

"要是您愿意，"他说，"我可以用船把您送到海滩去。"

他注意到她已经有两天了，但还是第一次用这种方式跟她说话。

"下一次吧，"她说，"我在等迪亚娜。除非带了迪亚娜一起去。"

"要是您愿意，"他隔了一会儿说。

"但是还有吉娜的问题呢，"萨拉说。"我们必须等她，这会耽误我们的。还是下一次吧。”

“这里一切都很复杂，”他微笑着说。

“是的，这个地方像地狱。”

“您这样认为？”

“有时候这样想。”

她想起了吕迪对她说的话。

“那么，您昨天晚上玩球了？”

“是的，我上那边去转了一圈，吕迪邀我玩。我玩得很差。”

“您喜欢吗？”

“不怎么喜欢。”

“这也是一种交朋友的方式。”

“是的，还是一种交朋友的好方式。”

“您觉得他们不错吧？”

“很不错。”他瞧着她：“那么什么时候上船兜风？”

迪亚娜过来了，她穿了浅色长裙从酒店出来。她很美。她吻了萨拉，对那人问好。

“真热。”她说。

“什么时候？”那人又说。

“您安排吧。”

她自己也有点吃惊。迪亚娜不明白。

“今晚？”

“好吧……或者明天早晨。”

他起身，拿起一只海滩包，走开了。

“或者在海滩见。”他说。

他朝着他的船走去。

“他要做什么？”迪亚娜问。

“他要我们一起去坐船。”

“那为什么不去？”迪亚娜说。

她转身要叫他。萨拉阻止她。显然，大家都想上这艘船。

“下一次吧。”

“但是为什么？”

“我不知道，我宁可下一次。”

“好吧，”迪亚娜说，“苦味康帕利？”

“太早啦，还是过会儿再喝吧。”

“好吧。咱们去吧？小的在哪里，跟雅克

一起？”

“是的，跟雅克和吕迪，我不愿意跟他们一块儿去。”

迪亚娜催她走，因为她知道她为那个孩子心不定。海滩离那里才十分钟，但是这天早晨天那么热，要不是小孩的问题——她们这么说——她们可能会待在酒店里。每天早晨就是这样过的。她们正要站起来，这时吉娜叫她们。吉娜身材跟吕迪几乎一样高。她很美丽，也像吕迪的样子，不论生气、失望，还是开心，都没个完。

“你见到吕迪这个人了吧？”

“他跟雅克在海滩。你去游泳吗？”

“怎么不去？”

“快来吧。”萨拉说。

吉娜要求等她五分钟去拿游泳衣。他们的别墅离酒店约三十米，但是她不着急。迪亚娜和萨拉重新坐下。

“你看到大家还是会去游泳的，”迪亚娜说，“但是在这之前，我真想喝杯苦味康帕利。”

“开始了，”萨拉说，“就停不下来了，不要喝了。”

她们不说话了。迪亚娜一会儿看那人，一会儿看萨拉。那人正坐在汽艇里驶离河面。

“这真是个怪地方。”萨拉说。

“是的。”迪亚娜说。她又说：“你睡好了吗？”

“不怎么好，没有人睡得好，只要早晨看大家的眼睛，都像喝醉了酒似的。但是小的他睡得好。”

“那好啊。”迪亚娜说。她不再看汽艇，只是看萨拉，非常仔细，像她看一切东西，不弄个明白不知疲倦也不会停止。

“这不行。”她说。

“行的。”萨拉说。

“这个地方？总是这个地方？”

“除了这地方以外还有什么。”萨拉微笑着说。

“当然。”

“这就像为了你。”萨拉说。“我爱赖在这个地方不走了，但是这意味着什么？”

“吉娜来了。”迪亚娜说。她又说：“她大概又跟吕迪吵过架了。”

她们三人一起走。穿凉鞋感到道路烫脚，她们走得很快。吉娜在那家拿出肥皂箱的杂货店前停住。村里的一个孩子代为看店。三天来，杂货商跟扫雷员的父母一起。有两名顾客打听这对父母的情况。吉娜给了回答。

“他们还在这里。他们睡在这里。天不下雨就这样下去。他们等待警察离开了再走，就是这么回事。”

“他们以后再睡吧。”迪亚娜说。

她们走了。吉娜神情严肃。

“你又去看过扫雷员的父母了？”萨拉问。

“我从那里来。”吉娜说。她又说：“你为什么问我这件事？”

“没什么。我就做不到，这才问问。”

“你就像他，”吉娜说，“要是都是你们这些自私自利的人……”

“这样的事应该有人去做，”迪亚娜说，“但我宁可是另一个人而不是你。”

吉娜耸耸肩，不回答。

所有当地的避暑客确确实实都在海滩上了，约三十人左右。她们跟其中许多人打招呼。她们各有名分，是这个地方最受欢迎的女人。她们一般都在一起，这使其他许多人不满意。萨拉和迪亚娜还是外国女子，一天要喝十杯康帕利。吉娜她什么都不喝，但她是吕迪的妻子。一个引发众议的女人。每个人都滥用权利对她与吕迪的态度说长道短——这在她是无辜的，还是再自然不过的事。

雅克、吕迪在水里了。雅克仰浮在水面上，没有看到她们过来。吕迪看见她们了，向她们做大动作表示欢迎。他的喊声引起雅克的注意，他也喊她们。小孩在岩石下找螃蟹。他也转过脸，又继续聚精会神找了起来。他肩上有块披巾。萨拉朝他走去。

“找蟹不错啊，”她说，“但是也应该游泳。”

“还是让他去做他的吧。”迪亚娜说。

吉娜对吕迪的喊声并不起劲响应。迪亚娜说得对，他们大约吵过架了。吕迪和吉娜，像他们这样的人，老是吵架。吵的时间又长，态度又凶，毒化了整个海滩、黑夜和假期。她们走到岩石后面脱去衣服。是的，这是些鸡毛蒜皮小吵小闹，但是毒化生活。萨拉来，雅克还是高兴的。他们相爱已经七年了。一种相同的欲望把他们结合，就像从最初几天起，一直不变。迪亚娜等着萨拉。她们一起从岩石上下来。也许不只是爱情，欲望也是能够对矢志不渝感到失望的。谁知道呢？吉娜已经走入海里很远了。迪亚娜和萨拉也走入海里。迪亚娜奔着去，萨拉谨慎小心。

“海到底是海。”迪亚娜喊道。

她笑，对萨拉眨眼睛。然后她也走远了。萨拉游得较差，划了几下就跟不上她们。她走向孩子，孩子还在海滩另一头找螃蟹。

“跟我一起下水吧。”

“你又不会游泳。”孩子说。

雅克朝着他们游过来，她迎了上去。她划了几下，站起，又再游。吕迪从远处向她微笑。海使人笑。海水很暖和，让人很容易在里面待上两个小时。这里的海，跟世界上其他地方的海都不一样。这是爱这个地方的人、雅克和吕迪予别人的反击。这里的海无可挑剔。萨拉仰天躺着，一动不动。这是她几天前才学会的动作。于是海水浸入她浓密的头发，直至她的记忆深处。

“不错嘛。”雅克说。

他到了萨拉身边。

“但是我前进不了。”萨拉说。

“到脚踩不着的地方来，这样容易得多。”

“不可能。”

“跟我来吧，我待在你旁边。”

“脚踩不着地我会发疯的。”

每天都是这个样。

“不会的，”雅克说，“这是你不愿意。”

他离开了。她又开始仰躺在水面上。仰躺时

看见的只是山。在山的中央是那幢荒屋的白墙头，那个青年就是在那里踩着地雷的。萨拉又站起身，目光寻找孩子。他已经走进海里，举着手臂毫不犹豫地往她的方向走来。她微笑着朝他走去。

“我要爸爸。”孩子说。

雅克又回来了。萨拉喊他，他走向他们。他把孩子提到肩上，往海里跑。吕迪大喊他来了。海滩上充满了孩子的笑声和吕迪的喊声。

萨拉回到海滩上，钻到一顶阳伞下，以保持海水的清凉。当她在那里监看着孩子时，那人在远处自己的汽艇里。每个人都用目光跟着他。他驾汽艇转了一大圈。这用了十分钟时间。这是个极大的圈子，当他在地平线上时只成了海平面上的一个点。然后他又回来，逐渐变大，熄了火，在游泳的人中间慢慢地静静地前进。他在离海滩一百米处抛下锚，跳到海里。孩子被雅克带到了这里，他跟海滩上所有孩子一样，站在海水里瞧着汽艇入迷。萨拉看到那人在孩子中间把她的孩子认了出来，他到海滩上是来找她的。她跟他做了个手势。他走到她旁边，全身水淋淋的，向她讨了一支烟，点燃，吸了起来。

“海水多好啊。”他终于说。

“真不想回去了。”萨拉说。

“您不再游了吗？”

“我过会儿再去。”她又说：“海水那么好，谁都抵挡不了。”

他向她转过脸。

“我在海里已经睡过了，”他说，“总之，我的意思是我几乎在海里睡着了。”

“我永远做不到。”

“可惜这是学不来的。不然我倒可以教您。”

雅克又朝他们走过来了。他试图教孩子游泳以后又把他抱上了肩头。他在海滩上把他放下，离萨拉不远，对她大叫他把他留给她了，自己要去好好游一会儿。孩子瞧着爸爸游开去了，就像刚才他瞧着汽艇入迷。他的游泳衣往上翻，露出赤裸的屁股。萨拉看到孩子赤裸的屁股总是要笑。那人看到她在笑什么，也跟着笑了。

“您有个漂亮的孩子。”他说。

“我不知道。”萨拉说。她带着微笑向他说出这句悄悄话：从他出生的那一分钟起，我就生活在疯狂中了。

“这看得出来。”他慢慢说。

他瞧着她，样子就像刚才在酒店前，萨拉低下眼睛。

“这样的事也看得出来吗？”

“哦！是的。当您瞧着他的时候就立刻看出来了。有时候甚至有点……有点儿难以忍受。”

“我知道。”萨拉笑着说。

孩子又静静地回到岩石那边，开始找螃蟹。

“游泳吧？”他问。

“我游得不好，但是我愿意游。”

她站起身，跟着他。迪亚娜回来，她游泳时把孩子托付给了她。雅克也在回来。

“你还去？”

“一分钟，”萨拉说，“我就回来。”

雅克瞧着他们走远，犹豫要不要也去，最后放弃了。萨拉在那人身边划了几下，仰躺着就这样一动不动了。她看到的只是天空，听不见什么。然后过了几秒钟她看到天空中出现那人的轮廓。他在她身边站了起来。他跟她说什么，她听不见。他又重复一遍，从他嘴唇的动作来看她明白他要她往前游试试。她试了，不知不觉朝着大海游去。那人微笑着瞧她，对她说这不错，就是要这样做。她猛然停了下来，也猛然发觉自己是朝着大海游去。

"我游不了了。"她说。

"您是怕了。您不是不会游。"

"我怕海。"

他要她重新开始，但是她不愿意。这时他又问：

"怎么样？什么时候上船兜风？"

"或许，明天上午？"

"那就明天上午。"

她做了个要离开的动作，但是他没有移动。

“我是不是应该也请别人？”

“我觉得这样好。”萨拉说。

他笑了。

“好吧，”他隔了一会说，“那么我也请别人。”

他们徐徐地并排游了回来。大家都在那里。天空开朗了一点，每天这个时刻都这样。

“今天还不会下雨。”迪亚娜说。

“不会，我相信不会。”吉娜说。

“我觉得大家过分抱怨天热了。”那人说。

“您有船，那当然，”吕迪说，“您没有热着。”

“你们假若愿意赏光，”那人说，“明天上午大家乘船去兜上一大圈。”

吕迪神色有点儿异常。他的坏脾气又上来了。

“或者就今天，你们要就这样。”那人说。

“不，”吕迪说，“明天吧，不要今天。今天我想做的是到山里去走走。”

他瞧着吉娜。他是跟她说话。

“山里有什么好看的。”吉娜说。

“我还是想到山上去，”吕迪说。“自从这些人来了以后真是没法呼吸，我不喜欢这样。”

“即使那些人不在，”迪亚娜笑着说，“还是没法呼吸。还有，谁喜欢这个啦？”

“你要去，”雅克说，“我跟你去。”

“我不去，”吉娜说，“这样子上山我上够了。”

“没人一定要你去啊。”吕迪说。

“就是要我去，”吉娜说，“我也不去。我不再喜欢这类散步。”

“以前，”吕迪说，“你说的恰恰相反，说你就是喜欢到山里去散步，这样子，天气热热的，还有蜜蜂。”

“在海边是这样，”吉娜说，“在山里不是这样。”

吕迪不出声地微笑，带一种恶意的嘲弄。

“你为什么说这个？”他大叫，“为什么？”

“因为事实如此。”吉娜说。

一下子她发起了脾气。

“即使从前，”她大叫，“我喜欢在山里散步，现在不再喜欢了，又怎么样？就因为人生中有一次喜欢上了某个东西，就必须对这同样的东西永远喜欢下去吗？”

吕迪没有回答。他低下眼睛。雅克试图笑笑。

“大家谈些别的吧。”萨拉说。

“我再也弄不清楚，”吕迪低声说，“她还喜欢什么。”

“谁要来杯苦味康帕利？”迪亚娜问。

萨拉和那人要。吕迪和雅克没有听见。

“你是我的妻子，”吕迪平静地说，“我想知道你为什么不再喜欢跟我到山里去散步，对我来说知道为什么是很重要的，就是这么一回事。但是连这么一件事你也不能对我说，那么我请你原谅，咱们以后再也不谈这件事了。”

“我不再喜欢了。”吉娜说。她犹豫，然后

又说："有人这样的事爱上了二十年还在爱，叫我恶心，叫我恶心。"

"美国也叫你恶心吗？"

"我不要再旅行了，"吉娜说，"我除了死以外什么都不要。"

"来喝一杯苦味康帕利吧。"迪亚娜说。

吉娜听话地站了起来，跟着迪亚娜走。萨拉和那人也随即站了起来。

"怎么扯到美国去啦？"那人问。

"五年来有朋友邀请吕迪去美国，"萨拉说，"她不愿意去。"她微笑着又说："我不知道您从哪儿来的，但是在这里大家就是爱发脾气。"

他们四个人都来到坐落在海滩另一头道路上的那个小酒吧。苦味康帕利很清凉，他们接连喝了两杯，那人也是。吉娜做着鬼脸只喝了一杯。那人朝着亭子的栏杆走去。

"一早起他就找碴儿，"吉娜说，"我说什么别的话也都一样。"

她靠在吧台上。

“哦！我跟他一起过日子真累死了。”

“再喝一杯苦味康帕利，”迪亚娜说，“我很相信苦味康帕利。”

吉娜又一次带着鬼脸喝了下去。

“你不会为了这么一个男人把我灌醉吧？这不值得。这不是因为我已经老了。哪一天我实在受够了，他太过分了，我就离开去，像二十岁那样。”

她又低声说：

“这个是不应该忘记的，永远像二十岁那样离开去。”

那人回来再喝一杯苦味康帕利。他的样子是对这场争论毫不感兴趣。萨拉走近他。

“这样已经好几年了。”萨拉解释说。

“我知道，”那人说，“全村子都在说这件事。”

“每次吵他们都相信这是最后一次了。几年来都是如此。”

“但是当大家看见他们在一起，”那人说，“即使是第一次，他们的样子——我也说不出来——就像天长地久不会分开似的。”

他喝下他的那杯康帕利。然后他还是瞧她，好像早晨在酒店前。

“在这桩事情上您是不是同意吉娜？”

“我尽量不把这看做是谁对谁不对的问题。”

“这很难，”那人说，“人又不是大象。”

“这很难。”

“那么，”那人说，“明天坐船兜风。随你们去哪里。”

“可能就去山后面。”萨拉说。“吕迪一直说起白头山的悬崖。那时我就想去了。”

“随你们去哪里，”那人说，“真的，随你们去哪里。”

萨拉没有话回答。她起身去找吉娜和迪亚娜。

“你们这些人，”吉娜说，“都年轻，你们还可以换男人。还有你，”她对萨拉说，“你有这个宝贝。”

她指指在海里玩的小孩。

她们三个人都不声不响瞧着他玩。吕迪和雅克在讨论。她们听不到他们相互在说什么。吕迪大喊大叫，雅克显然要他安静下来。那人始终一个人在亭子的栏杆前，朝着海。

“我必须在中饭以前去看看他们。”吉娜说。

萨拉和迪亚娜决定陪她去。那人说他等雅克和吕迪。萨拉高声叫雅克把孩子带回酒店，交给女仆给他吃中饭。雅克很愿意到山里去，但是吕迪不愿意立刻就去，他留下陪他。她们还没有绕过亭子，小孩就奔过来了。他搂住萨拉。

“我跟你去。”

“这不可能，爸爸给你做船，跟他说给你做船。”她对雅克喊，“给他做几条船。”

“来吧，”雅克喊，“我给你做几条大大的船。”

但是小孩不动。于是那人离开栏杆地坪，朝

萨拉走来，携小孩的手。他又一次瞧萨拉，时间稍长，还有点儿嘲笑——迪亚娜看见他的目光——他领了小孩向雅克走去。

她们沿着河岸走了一会，然后走上酒店前面的那条路，经过酒店后，吉娜向左转，到了一条上山的陡直小道。差不多已是中午。小灌木上蜜蜂嗡嗡叫，总是在这个时刻，瓜叶菊在空气中散发浓香。风一般都吹得较晚，将近两点钟时。但是天空就像每天那样，雾气已开始慢慢散发，这表明接着不会下雨。山里气温上来了是不会退的，却比在山下、比海边更容易忍受。这里热气对着你发威，光明正大地充满敌意，别想抗争。

“我怕蜜蜂。”萨拉说。

“什么你不怕？”迪亚娜说。

“走在我后面吧。”吉娜说。

她往旁边一靠，让她走到背后。

“还有太阳晒得人烦恼。”迪亚娜说。“我来这个国家以前不知道。”

“他所需要的，”吉娜嘟哝着说，“是一个年纪很轻的小女人，跟这位大男人在一起感到很自豪。这点我太清楚了。我不觉得自豪，还可以说相反呢。一个二十岁的小女人。那我就可以很安生了。”

“那当然，”迪亚娜说，“到了那个时候一切才真正开始。以前有过的一切都不算数了。你真蠢。”

吉娜停住，面对迪亚娜。

“蠢，我知道我是蠢，但是当我谈到他的时候不蠢。这时候不蠢。”

“蠢，”萨拉说，“特别是谈到他的时候。”

“对别人夫妻间感情表示看法，”迪亚娜说，“可能是一切蠢事中最大的蠢事。”

吉娜摇头，继续带着她的心事走路。

“问题是，”她喃喃说，“我还是喜欢做爱。”

迪亚娜和萨拉都没有回答。吉娜走得很快，如一头山羊，她们勉力追着她。

“肯定有什么办法，有什么药，我不知道，”吉娜继续说，“可以解除这些欲望……”

迪亚娜哈哈大笑。吉娜转过身，没有笑。

“你们可以笑，”她说，“但是我知道，当这个欲望过去了，我再也不喜欢做爱时，我就会很安生的。”

“要是这么回事，”萨拉说，“你尽可以跟其他人干啊。”

“不，”吉娜说，“换人，我总是做不到。当我跟上了一个男人时，我不能同时再跟上其他男人。就是我很年轻跟第一位丈夫时，我也没有做到过。”

“瞎扯淡。”萨拉说。

吉娜转过身。她的眼睛美极了，跟瓜叶菊一般绿。

“要是你只喜欢跟一个男人做爱，那么，这是你不喜欢做爱。”萨拉说。

“我相信也是。”迪亚娜说。

“你们，你们这些婊子。”吉娜说。

“我觉得我能跟五十个男人干。”萨拉说。

“你可能，但是迪亚娜不会。”吉娜说。

“我，我会欺骗谁？”迪亚娜说。“我也相信只有知道好几年跟一个人干是怎么一回事，才会跟许多其他人干。”

她们来到了那幢被遗弃的房屋。吉娜每天都来，有时甚至一天两次，最近三天就是这样。

扫雷员的父母，总是有村里的杂货商陪着，他们还在那里，在两堵墙的阴影里等着。在他们面前有一只肥皂箱，中等尺寸。这是杂货商给的。他们找到孩子的碎尸片就集中往里面放。箱子现在钉上了。上面放了一瓶葡萄酒、几只杯子、一些面包、一段红肠和几只橘子。两位老人坐在地上，面对着箱子，杂货商稍偏向一边。两个青年海关员看守箱子，等着这对父母下决心签死亡报告。他们也坐在地上，在一堆爆炸后的黑石头中间，遮在另一堵墙的阴影下。他们热得好苦，浅褐色的制服一直扣到了下巴，腋窝下一堆汗渍。在他们变了形的大盖帽下，汗水骨碌碌往下流。他们胸前横挎老式短筒手枪。墙壁的影子这个时刻那么狭窄，他们跟其他人坐一起躲阳光，面对着肥皂箱，像朋友。

两位老人是从平原另一头的山里来的。谁都不认识他们。他们的儿子也是，谁都不认识他。他从北方一路扫雷过来，还没有到村子就踩上了地雷。大家只知道他二十三岁。杂货商是每个人都认识的。他是村里最著名的人物。六十来岁，两年前成了鳏夫。他是吕迪和吉娜的朋友。自从那个青年踩上了地雷以后，或者说自从这对年老的父母到了以后，他白天，甚至黑夜的大部分时间，都是在这幢荒屋附近跟两位老人一起度过的。这件事改变着他。他再也不喜欢这个他缓慢地、悠长地过完全部日子的地方。至少他是这么说的。

“它等待了四十五年才爆炸，”迪亚娜看到他时说，“而他是真的爆炸了。”

这人非常瘦小，体重不会比一个孩子多多少。但是他的眼睛一看到新奇事就充满阳光。他兴致勃勃，遇到什么事情都有份，即使青年扫雷员的父母遇上的大悲事也少不了他。

“你们好。”吉娜说。

他们同时回应了一声，海关员也是，除了那位老妇。吉娜立即向两位海关员嚷了起来。

“怎么，还在干你们这些傻活？”

“除了我们还有谁干呢。”其中一位说。

“这个活儿就是蠢。”杂货商说。“但是他们心地还是跟大家一样不坏。并不更坏。”

“我知道。”吉娜说。

她们走去坐在墙壁的阴影里。他们给她们让地方。那位老妇也是，她往墙的另一头稍稍一移。她大约比杂货商稍老一些。双手沾满土和血，发黑。整整两天两夜，跟了她的丈夫在荒屋的石头和荨麻中搜寻。现在都搜寻遍了。她休息，睡觉，打盹儿，几乎所有时间都这样。她的双手弄脏后就脏着，因为山里没有水，她没有能够洗一洗。

“我过会儿叫人送些饼来。”吉娜说。“隔一段时间就要吃些热的东西，不然人会生病。生了病，什么都解决不了了。”

那个女人微微一笑，气弱地说。

“您有孩子。”

“我没有，”吉娜说，“但是她，有一个。”

她指指萨拉。

“几岁啦？”那个女人又气弱地问。

“四岁。”

“宝贝一个。”女人说。

大家都瞧她。杂货商三天来就瞧着她，像个疯狂的恋人。

“我明白了跟孩子是怎么回事。”杂货商说。“从前不知道，但是现在……”

当有人走进他的店里，比如问他有没有盐，或其他东西，蜡，他说：“没有盐。我早就明白了跟盐是怎么回事。”或者还有：“没有，但是您相信什么？蜡，我？我早就明白了跟蜡是怎么回事。”他只出售一些蔬菜，有时候肉、易损耗的粮食，这些销得很快。他又老又孤独，在空荡荡的货架中间搓着手儿乐。这是他一生中最清闲的工作。他从未想过有朝一日竟会落到这个地步。

“他也是，”老汉说，“有过苦的人。”

“唉，他，”吉娜说，“是的，”——她想起来了——“他确是有过苦的。”

“是的。”杂货商说。“她是死在柜台上的。死总是一桩不幸的事，总是这样，即使两人一起生活日子过得很糟糕。”

一位海关员取了肥皂箱上的一只橘子，开始剥皮。老汉把另一只橘子给另一位海关员。

“拿着吧。”杂货商说。“这不会叫你们少盯着他们的。”

“要是由我们来说，”那位海关员听了这话说，“您知道……”

“太太们呢？”老妇气弱地说。

“不用了，”吉娜说，“我们就要吃中饭了。”

“我看，”杂货商声音低低地说，“她不死在柜台上还能死在哪儿呢。她拼命抓住柜台，可怜的人，可怜的小老太。”

气温特别高。令人窒息。但是老妇、老汉，甚至杂货商都不觉得。吉娜盯着肥皂箱看，死死地。

“这样放不了多久的，”她低声说，“气温这么高。”

“还行，”杂货商说，“封得很好。槽槽里都是肥皂。”

“虽是这么说，”吉娜突然高声说，“他们不可能待上两周吧？”

没有人回答。海关员脸色尴尬。

“听着，”吉娜对海关员说。“再说一次，费用全部付清，你们就让他们太平。”

“只是费用倒是好了，”海关员说，“但是您知道还有死亡报告呢。”

“这倒是。”吉娜说。

她说这话时，就像那位老妇不在那里，或者这份死亡报告不关她的事。

“我忘了，这倒是的，”吉娜又说，“还有死亡报告呢。”

“这是规定的。”

“她不愿意签，”一位海关员说，“即使现成的拿了来也不签。”

他的声调是温和的，谅解的。老妇听着瞧着。她自己也无法理清她不能签死亡报告的复杂思绪，她轮流瞧着吉娜和海关员。

“那么您不愿意签这份报告喽？”吉娜问。

老妇摇头，表示不接受。

“她要是不愿意，我也不会去签。”老汉说。他又说：“好在有的是时间。”

“她怪乡政府，”海关员说，“但这也不是谁的错。”

“我是理解她的。”杂货商说。“我处在她的地位也不会签死亡报告的。”

老妇瞧他一眼，可能有点不知所措，眼睛被太阳照着发红。她显然不理解那个自称理解她的杂货商。

“一份报告，”迪亚娜慢慢说，“说到底没什么。只是一张纸。”

老妇不说什么，低下眼睛。

吉娜抓住她的手，抚摩。老妇让她这样做。

“您做得对。”吉娜说。

“是的，完全对。”萨拉说。

老妇开始身子颤了起来。她张开嘴巴仿佛要喘气。吉娜抓紧她的手。

“虽是这么说，但你们也不能一直待在这里。”她说。

“她怪乡政府，”海关员说，“就是这么一回事。”

老妇摇头表示不。她开始哭了起来。

“我们别再提这份报告了。”迪亚娜说话了。

“我是理解她的。”杂货商说。

“她不愿意，”老汉慢慢说，“但是她也不见得很明白为什么。”

“我们别再提了。”吉娜说。

“三个人，”老汉说，“那就这样吧。”

“对不起，”杂货商说，“但是我不相信这是你们大家都要她得到的好处吧。”

吉娜朝杂货商转过脸，神情惶惑。

“那么应该让他们在这里待上两周？”

“为什么不？甚至还要更久，为什么不？每个人都有权利爱怎么难过就怎么难过。”

吉娜不回答。吕迪、雅克和那人从那条山路上过来了，他们往前走的时候谁也不说话。吉娜手里总是抓着老妇的手。老妇用另一只手擦鼻子。杂货商一个人说话。

“我什么都理解，”他说，“这很怪，尤其最近一段时间来。这个，我理解，我甚至相信我还可以理解得更多。这有点儿像我变成了疯子。”

他不悲伤。当他看见那些男人在山路上，还向他们大挥手。很明显那位老妇作出这类拒绝使他感到兴奋。

“你们好。”雅克和吕迪说。

那人是第一次上来，他挥了挥手。他像大家一样瞧那位老妇。老妇没有看见他。

“她还是不愿意签死亡报告。”杂货商说。

海关员带着谴责的神情瞧他。老妇眼睛里闪过一丝微笑的影子，仿佛说的是另外一桩事，跟她无关。

“这很好。”雅克对老妇说得非常慢。

他们在墙壁的阴影里坐下。老妇又移了一点，给他们让出位子。墙壁的影子在这个时刻非常狭窄，他们紧紧挤在一起。他们东扯西拉，就是不再谈那份报告。老妇有点昏昏欲睡。这个女人在海边大约过了一辈子。她自己的气味早已随着时光消失了。她现在有的是枯死地衣的斑斑驳驳的热沙的味道。

那人瞧着她，然后瞧着箱子，脸色有点苍白。他的两腿微屈碰上萨拉的腿。

“虽是这么说，”吕迪低声说，他已不再对谁生气了，“雨什么时候下来？人不会变成一块石头的，即使用尽力气要变也变不成啊。人迟早是要动动的。”

老妇醒了。她非常轻地举起手，表示冷淡与无奈。

“谁知道呢？”杂货商说。

“不会的，”吕迪说，“变不成的。”

“看吧，”老汉说，“雨就要下来了。她要是不签，我也不签。”

他对着自己的妻子说。她低下眼睛。她变成了一种表示拒绝与不理解的巨大力量。毫无疑问她决心不再去理解了，就像其他人决心要去理解。这没有什么差别。当大家看着她时，想起的是大海。

“这使她能更好地休息。”老汉说。“她不想动。她要是签了字，倒被迫要动了，她不想动。”

雅克定睛瞧着她，仿佛她是一种美的景象。吕迪和那人也是。

“我看，”一位海关员说，“她是绝不会签的。”他还声音低低地对吕迪说：“您到下面去找那个头儿可以吧，跟他解释，他或许会理解的。”

但是在寂静的山里说话不可能低声。说什么都像在对着海螺，让人听得一清二楚。杂货商听见了。

“没用，”他说，“他不会理解的。没必要去费这份心。”

“我也相信不用费心。”另一位海关员说。

“要是我们去呢？”雅克说，“吕迪和我？”

“没用。”杂货商说。“条例上没有写的东西他才不会去说出个理由来的。他会把它称为疯狂，或者挑衅。他会拒绝的。”

“你们不必麻烦了。”老汉说。“再看一看吧，明天，后天……我们有时间。”

他又一次对妻子说。她重新打起瞌睡，没有听到。

“还有，”老汉说，“他们也不能把我们怎么样，不会因为我们没有签报告就把我们宰了。他们能对我们怎么样呢？”

每个人都向海关员转过身。这两个海关员谁都没回答。

“他们能做什么？”吉娜问。“说啊。”

“不让他们带走箱子。”海关员低声说。

老妇惊醒过来。她挺直身子，微微呻吟。

“不，他们不能这样做。”

“不，”迪亚娜说，“他们不能这样做。有了这份报告就够烦的了。”

“是的，够烦的了。”雅克说。

山里蜜蜂、苍蝇和各种各样的虫子很多。大家不停地用手去赶。老汉也是隔上一会就要赶一赶，但是老妇不，她不再赶了。她的手上停满虫子，额头上也是。她惊愕中又开始无泪地抽泣起来。吉娜又抓起她的手。

“那些面饼，”她最后说，“你们要肉酱的还是蛤子酱的？”

老汉显得为难，甚至有点拘束。

“你们要是要蛤子酱的，”吉娜继续说，“家里现成的都有，不用等到晚上，我马上就给你们送来。”

“人人都喜欢蛤子酱的。”杂货商说。

“不，”一位海关员说，“肉酱的才是人人喜欢的，蛤子酱不会人人喜欢。我就不喜欢。”

“那好吧。”吉娜说。“怎么样？”

“不要啦，”老妇说，她又想了一想，指指丈夫，“或者给他来一点，麻烦您了。”

“我给你们马上送来，”吉娜说，“还有葡萄酒。”

她站起身。其他人像钉在地上似的还在那里待了一分钟，瞧着老妇。老妇看到吉娜在站起来，用了一下力。

“孩子，是个男娃？”她问每个人。

“是的。”雅克说。

她思索。当她思索时没有人说话。但是她没有再说什么。

“法国人？”老汉说。

“是的，”雅克说。“巴黎。”

“小姐呢？”

“英国人。伦敦。”

“我是意大利人，”老汉说，“但她是西班牙人。从萨拉戈萨来的。”

杂货商向那人转过身。那人说：

“我也是法国人。”

“有一次……”老汉说起他到马赛去了三天，住在亲戚家。

“宝贝，”老妇还在说，完全沉浸在自己的思绪中。她又瞌睡了。

阳光照到他们的脚上。阳光发烫。可以听到山里的苍蝇都在飞。

“她老是这样睡着是有病吧。”吉娜声音压得很低说。

“不，”老汉说，“她身体还行。她是累了，没别的。”

他们站起身。吕迪问杂货商是不是也走。杂货商拿不定主意。吉娜鼓励他留下来。

“饼够三个人吃的，留下吧，你在这里吃还比在山下吃得好呢，”她转身对海关员说，“饼不是给你们准备的。”

“我们什么都没要。要是只有我们……您反正也知道的。”

“年轻时都很笨，”杂货商说，“人人都这个样。想象力是后来才来的，大家都相信事情正巧相反，但这是不对的。”

“还有我不能随便给海关员什么东西，”吉娜说，“这违背我的原则。”

“大家再见啦。”吕迪说。

他们走开了。吕迪面带愁容，但是一点也不发怒了。

“你不会把蛤子酱饼都给他们拿来吧？”

“我给多少再看吧。”吉娜说。

吕迪停住步子，很失望。他在阳光里举起双臂，让人想到一匹马。他一直好像一匹马。

“这不行，”他说，“你不要全都给了。”

“我高兴，我以后还会给得更多呢。你上酒店去吃吧。”

“我就是爱吃蛤子酱饼，”吕迪对雅克说，“她决定把饼全都给这两位老人，就是有这么一点意思在。”

吉娜没有回答。她已挽起萨拉的胳臂，催着她回去。那人跟迪亚娜走在后面。

“我可以发誓，”吕迪说，“她就是因为知道我爱吃，就在中午而不是晚间把蛤子酱饼都送掉。她一下子记起了我爱吃。”

“我也肯定是这么一回事。”雅克说。他开始笑了。

吉娜松开萨拉的胳臂。她开始吹口哨，神色平静。突然她跑着下坡，是为了——据她宣称——叫人快一点把饼送给扫雷员的父母。山路变窄了。风突然吹起，太阳像一座炼铁炉金光闪闪。那人走在萨拉后面。吕迪跟雅克说，有了这么一个什么话都听不进的妻子，怎么后悔也没用。雅克像往常那样听着他。萨拉听到他们在说话。那人走在她后面吸着烟，当他们抵达酒店，雅克要了几杯苦味康帕利。吕迪立即把自己那一杯一饮而尽。

“哦！我真不喜欢她对待世界上一切老人的那种腔调。”他说。

吉娜从家里又出来了，他几乎就在她面前说了这句话。

“他说什么？”

“他爱吃蛤子酱饼爱得发疯。”迪亚娜说。

“明天你就会有的，”吉娜说，“但是这些饼里没有你的份儿。”

“我说的不是这个，”吕迪说，“我说的是我不喜欢你对待世界上一切老人的那种腔调。”

“那么，你就接着说吧。”吉娜一边坐下一边说。

“我觉得你欺骗我也比这个强。”吕迪说。

“苦味康帕利，”迪亚娜说，“妙不可言。”

“是的，”那人说，“我愈喝愈爱喝。”

每个人再来一份，除了吕迪。

“不，我要回去了，”他说，“趁她还没给这些老家伙以前先把这些蛤子酱饼吃起来。”

“别再想它了。”萨拉说。

“我没把握赶得上。”吕迪说。

“跟孩子生活很累人，”迪亚娜说，“童年是美丽的，但是到头来很累人。”

吕迪想要笑，但是迪亚娜不笑。他走开了，

吉娜跟在他后面。当他们回到自己的家，小孩从里面出来，后面跟了女仆。他跑着穿过阳光照射的空地，直到他们面前。

“你们怎么会在这里的？”萨拉问。

“他不愿意在家里吃，他要在吕迪太太家吃。您是什么都依他，我也就依他了。”

孩子散发出蛤子酱的味道。

“他吃蛤子酱饼了没有？”她问女仆。

大家都笑了。迪亚娜在喝第三杯苦味康帕利。萨拉在喝第二杯。雅克也在喝第三杯，像迪亚娜，像那人。

“吃了，”女仆说，“像贻贝似的东西。他吃得像头猪。”

“你吃得像头猪吗？”雅克对小孩笑着说。

“他该挨顿揍，”女仆说，“弄得桌布上都是酱。”

“他做得对，”迪亚娜说，“他们就是不应该铺桌布。这里铺桌布不是发疯吗？”

“是吕迪先生要铺，”女仆说，“这头猪怎么会不弄脏呢。”

萨拉抬起眼睛朝女仆看，突然有了兴趣。她始终把小孩搂在身边。

“您真的受不了他啊。”迪亚娜说。

她的声音中怒气要少于好奇。女仆听明白了这点。

“这倒不是，迪亚娜太太，”女仆说，“但是他不听，说什么他就是不听不听不听。”

“他还不到五岁呢。”萨拉说。

“那也不行，”女仆说，“要是您继续这样宠惯他，他会成个大无赖。是我这样跟您说的。”

“是您这样说的，”迪亚娜说，“那就应该相信您啰。”

“我知道自己在说些什么，”女仆说，“一个无赖，做不了好事。”

萨拉瞧着自己的孩子。小孩聚精会神在听女仆说。他自己也在试图理解。但是这么一张连自己也顾不上的嘴巴，还沾了蛤子酱的光滑脸蛋，阳光晒得香喷喷的头发，一副眼睛里含着怒意，像起了风但还平静的海面，能看到什么呢？小孩在挣扎，红着脸，冲着女仆说：

“我受不了啦，她是世界上最坏的坏人。”

女仆犹豫了一下，然后盯着他开始逗他。

“说到底，”萨拉说，“你们挺合得来。”

“不。”迪亚娜说。

“我可以离开一小时吗？”女仆问。

“可以。”萨拉说。“我不明白您为什么要向我请这样的假。”

“去吧，”雅克说，“您的那个浑蛋海关员还在山顶上呢。”

“说起来，”女仆说，“他不见得比您更浑吧？”

迪亚娜笑了，然后是雅克，萨拉，还有那人。

“怎么不，”雅克说，“肯定比我浑。”

“这又不是他的错，”女仆说，“要是这个疯婆子不愿意在她的报告上签字。他只不过履行自己的职责而已。”

“那些履行自己职责的人，我操他们。”雅

克说。“去找他吧，去吧。杂货商会给您翻译我爱你我的爱。”

“啊！啊！”迪亚娜笑着说，“是他做翻译？”

“您要人家还能怎么做呢？”女仆也笑着说。

她脸红了一红，走开了。她走了两步，又回过来。脸上一点笑容也没了。她表情深切并领会地对雅克说：

“不管什么情况，以后再也别想叫我跟着东家到国外来了。”

她走了。小孩往酒店跑，带了几颗糖果回来。雅克、萨拉和迪亚娜开始吃起来。那人坐到自己的桌上，他也开始吃起来。

“应该把她辞了，”迪亚娜说，“这个女人你不能再留了。”

“她倒没有叫我太讨厌，”萨拉说，“这是因为小的，她再也受不了他。但是她没有一点奴相，这点我喜欢。”

“这倒是的，”雅克说，“但是不能再留她了。”

“她来的时候不是这个样的，”萨拉说，“她变了许多，她也知道，说是我们的错。”

“虽是这么说，”迪亚娜说，“也该换一个了。”

“我是宁可留住她的，”萨拉说，“老是换保姆我是换累了。”

“你做什么事不累？”雅克问，“去找人的是我不是你。”

他们两人想到这点都笑了。

“这个地方好就好在这个酒，”迪亚娜急忙说，“但是要喝冰的。在这家酒店总是不够冰。”

“以后再说吧，”雅克说，“不应该糟蹋生活了，”他微笑着向迪亚娜转过身，“但是说到酒倒是对的。只要有冰酒，我给什么都可以。”

小孩吃饭吃到中途就睡着了，头耷拉在空桌子上。萨拉把他抱到汽车的座位上。当她回来时，迪亚娜谈到那人。

“请他跟我们一起喝杯咖啡怎么样？”

雅克同意。那人过来喝咖啡。他们谈天气

热，谈海，谈世界上发生战争的可能性。谁跟谁都说不到一块儿，除非是关于天气热和海。萨拉和雅克因为有孩子很快走了。他们没把他唤醒就带回了家。萨拉像往常一样在他旁边躺下。她想到这个地方对孩子不合适，幻想过其他的假期，那里她的孩子可以在沁人心脾的环境中入睡。气温极高，好像不久就要下雨，可能就在下午。她怀着这个希望睡着了。

第二章

但当她醒来时，天色依然晴朗。

她只睡着了一个钟点。她轻轻起床，为了不惊醒还在睡的孩子。女仆还没有回来。雅克也还在睡。女仆走了有两个小时了。“可能我是应该换保姆了。”她想起了这事。但是也像每次一有了这个念头，她立即也会自忖恐怕没这个必要，他们可能最后还是会分开的，一个人过时不需要保姆。她一个人就不需要有个保姆了。她走进花园，在游廊的台阶上坐下。住在隔壁的渔夫正要离开。他们前后一排带着渔网、船桨往船走去。已经起风了。现在风一直会吹到黎明。风热，那当然，但是它把汗吹干，下午的日子要比早晨好过。在左边靠近小岛的地方，有一名渔夫独自在抛渔网。他非常慢地往回拉，身子像个芭蕾舞演员旋转，又一下子往外抛，网张了开来，在他面前大得很，跟撑网的小小的人来比的确大得很。然后渔夫又开始操作，慢慢地，始终那么聪敏，那么耐心。第三次，他拉回了几条鱼。鱼在阳光下闪烁。萨拉记起其他几个渔夫，他们在灰色江河的沼泽地河口，在猿啼声中也是这样气定神闲地撒网。她只要稍加留意，依然听得见猿猴在红树林里的吱吱声，夹杂在海涛声和风打秃枝棕榈树的吱嘎声中。他们是两个人，兄弟和她，萨拉，在木屋的深处赶野鸭子。兄弟死了。

生活必须这样过着。萨拉相信自己适应了这个确定的现状，希望安于现状，不思改变。

那个渔夫又拉回了几条鱼。兄弟死了，带走了萨拉的童年。他应该永远是这个样子，无论遇上什么情况，那一天萨拉希望这样相信。

雅克起床了。她听到他走向浴室。她也应该去浴室，照顾孩子，上酒店去寻找迪亚娜、吕迪、吉娜。他们说好今天下午一起做桩事，她记不太清楚做什么——去哪个海滩？——但做什么事是说好了的。想到上酒店她总是很高兴。她宁可在酒店，也不愿在这里，自己的家里。若能做到，她会住在酒店里的。因为萨拉不再想有自己的家、自己的公寓、跟一个男人共同生活。年轻时，她对这些都憧憬过。现在，她相信，是该老去的时候了，她宁可日子过得不一样，让自己在别处衰老，比如说在酒店里隐姓埋名。雅克出现在台阶上。他在吃葡萄。他一眼看到了渔夫。

“他捕到什么东西了吗？”

“不是每次都捕到。只有两次。”

“真是热得叫人发疯。”

这种要住在酒店的想法，跟萨拉对雅克的种种看法毫无关系，只是跟她这几年来个人对生活的看法有关。她除了相信是该老去的时候了，她宁可在别处老去，远离雅克——因为萨拉还是依然相信爱情是不会衰老的——她急切希望有着自己这样难相处的性格，就不要再去叫人家讨厌了。在酒店里她就不会叫谁难受。由于这个原因，性格难相处的人也就比在别处更易发作。雅克完全被渔夫的抛网技术吸引了过去。

“看了真想去捕鱼啊。”他说。

谁的性格都有难相处的时候。偶尔兴头来了就想发作。酒店就是为这个而建造的。

“该去找他们了。”雅克说。“约好了在大海滩碰头的。”

“她还没回来，小的还睡着。我没法去。”

“把他带着还不容易么，来吧。”

“我也可以到小海滩好好去上一次。”

“不，晚上最好是到大海滩去。”

他还是瞧着渔夫，他刚拉回了几条鱼。

“还有我喜欢跟你一起游泳。”他说。

“就我游的这个样。”

“虽是这么说。我一直希望你会游得好的。”他又说：“我在想这个渔夫为什么总是待在老地方，”——他指指左边的另一个——“他四次什么都没逮到。”

“你应该教他怎么捕鱼。”萨拉说。

雅克沉默了一分钟，然后说：

“又怎么啦？”

“下午是不应该睡觉的。”萨拉说。

“你怎么啦？”他轻轻问。

“没怎么。我不喜欢这个地方。这里度假不行。”

“这话不对。度假要看你自己怎么度。在你这个年纪还不知道这个，经验对你有什么用？”

他又一次走到她身边。

“其实，”他说，“是你自己要把这个假期过得不称心的。”

“可能是这样。”

“你要怪我头上，怪在吕迪头上。因为你不敢对自己这么说。”

他在游廊的台阶上靠她身边坐下。

“我要知道的是，”他说，“你为什么那么想要把这个假期过得不称心。”

萨拉朝着河的方向瞧。渔夫捕回一条鱼。雅克也看见了。

“为什么？”他问。

“我不知道。”

“你不愿意知道还是你不知道？”

“我觉得好像要十年时间才解释得清楚这件事。”

“我知道。”他说。“你能够这样过上几个月，丝毫不向自己提这些问题。”

“天气热我受不了。”

“我知道，”他说，“也受不了吕迪。”

“有几次，我相信我不再喜欢吕迪了。”

“只需他在火头上对着你这么说一次，你就可以不再喜欢他，这是因为你从来不曾喜欢过他。”

“谁知道呢？可能我是从来不曾喜欢过他。”

他搂住她，把她举了起来。

“我求你啦。”他说。

“我过会儿去大海滩。”

她挣脱他的怀抱，朝浴室走去。他追上她。

“你感到无聊？是这个吗？”

她没回答。

“是这个还是别的？”

“是这个。我感到无聊。”萨拉说。

“我也是，我感到很无聊。”他说。他又说：“你对什么感到无聊？”

她挺一挺身子，试图对他微笑。

“我也不太明白，有个人不会接受吕迪对我的说法，可能我是对这个人感到无聊。”

“是这么一回事吗？”他隔了一会问。

“那么就应该问你自己为什么是这么一回事。”

这回他没有回答。

“这是借口，”他说，“你在撒谎。”

他对着自己在说话，并不等待回答。

“吕迪那时想这么说。我那时也想告诉你。这一切都不意味什么。你还是知道得很清楚。”

“我并不总是知道的。一有了什么我就会忘记。”

“人生中就有这样的时刻，”他说，“愿意相信确定的事情，不是吗？”

“毫无疑问。”

他拉她贴近身上，吻了她。

“我可不喜欢一个人去猜那些人可能有些什么，”他说，“那些不帮助你们的人……”

“为什么要去知道他们为什么不快乐和其他什么的呢？”

“哪一天这些再也引不起我的兴趣，也就是说我不再爱你了。”

她挣脱他的怀抱，笑着问：

“那么，是什么啦？”

“这次？”

“是啊。”

他犹豫片刻。

“没什么新的，”他说，“还是我叫你受够了。”

他笑了起来。她跟着他一起笑。

“就像我对你也一样，”他又说，“谁都没治。”

他又把她搂在怀里。

“嗨，”他又说，“即使有什么其他事，你相信我会蠢得跟你说出来吗？”

“我对你还没了解得那个样。”萨拉说。

他有几分钟时间什么也不说，把她搂在怀里，眼睛朝着河的方向看撒网。

“好啦，来吧。吕迪等着我们呢。”

他放开她，指着左边的那名渔夫。

“行啊，他捕到了。”

有几条青色的鱼在渔夫的网里闪烁。还不少。

“你看，”萨拉说，“他还是知道怎么干的。”

“他捕到一大堆呢。”雅克说。他声音更低地加上说：“我真喜欢在河里捕鱼……吕迪不喜欢，真可惜。”

“这不是理由。”萨拉说。

一看到鱼被提上船以后，他就不去注意了。

“好啦，去吧。”他重复说。他犹豫，说：“首先，你可能不像你以为的那样受够了，即使对我也是，其次，自从那时说起以后，假若大家真的该分开，也没必要那么早就用这个把生活毁了。”

“肯定不会，你的性格很开朗。”萨拉说。

“是的。”雅克说。

他走去轻轻唤醒孩子，把他抱了过来，交给她。他们用凉水浇他的身子。

“我不喜欢他太能睡，”雅克说，“这会让他变笨的。他笨了，我就不会那么爱他了。”

“我会更爱他的。”萨拉说。

孩子听着，完全无动于衷。雅克跟他说壁虎，他立刻兴奋了。萨拉走去淋浴，穿好衣服。她穿上一条短裤，一件白色短袖衫。雅克跟她大声说去把头发梳一梳。她细心梳头，这一天她本来就是要好好梳的。当她走出浴室，女仆回来了。

“我回来了，你们需要我吗？”

“不需要，”萨拉说，“我们到大海滩去。山上有什么新闻没有？”

“没什么。这是五点钟换班时间，我就下来了。你们要是再去，我看没必要。”

“我们不去，”萨拉说，“但您还是迟回来了一个钟点。”

“就是迟了十个钟点又怎么样呢？我反正也没事干。”

“要是我们不去大海滩，”雅克说，“就需要您看孩子。她还是不愿意在报告上签字吗？”

“是。还有杂货商这家伙鼓励她不要签。你们对我要怎么说就怎么说，反正这个杂货商他是个疯子。”

“为什么她不应该签，他说了吗？”

“那倒好啦。他只是说他理解，处在她的位置，他也会像她那么做的。我处在头儿的位置，我就强迫他们，又能怎么样。”

“怎么？”雅克说。他气得脸色有点儿发白。

“我不知道，”女仆说，雅克的语调叫她害怕，“我会装着去偷那只箱子。你们以为看着他们的年轻人会有好日子过啊。”

“您叫人恐怖，”萨拉说，“有时候真觉得您是个坏人。”

女仆抬起眼睛看他们，目光带点儿焦虑，然后她回过神来：

“我不喜欢太想着自己的人，”她说，“他们只要像大家那样做就行，因为遇到不幸就成这个样也不是理由啊……”

“您真笨。”雅克说。“她一辈子都像大家那样做，做了六十年，她还尽可能认认真真像大家那样做，现在一下子她不想这样做了。这是不是她的权利？您给我说说看。”

“我不知道。”女仆心头一震说。“但这总不是一个理由。”

“跟您的海关员去吧，”雅克说，“晚饭以前别来烦我们。”

“以后别想叫我到这个穷地方来了，”女仆说，“跟东家一起来了后就走不了，要等着。想起来就窝囊，就窝囊。我早该想到的。”

“去吧，”雅克说，态度缓和了，“那个海关员人还是很好吧？”

“一句法国话也听不懂，”女仆说，“这对我的生活又有什么进展呢？”

她回到那幢房子里，他们沿着河走了。渔夫还在那里，不知疲倦地撒网。每撒一次网把船向前划五米，然后再撒。雅克停下来瞧着他。但是他们没有谈这件事。

“她说得也对，”萨拉微笑着说，“跟着我们这个样关在这里，确实不很有趣。”

“是不错的，”雅克说，“她几乎每次说起事来都是很对的。除了在她跟扫雷员的父母谈话时装出小资的样子。但是，”——他微笑——“说到底，谁不是跟谁关在一起？”

他又搂了她一下。然后他们谈到渔夫，谈到捕鱼。

“说来我还是很愿意捕一次鱼。”雅克说。“我们可以跟吕迪一起到白头山里去。”

“吕迪不爱钓鱼，”她说，“但是我们可以两个人去。我爱在河里钓，不爱在海里钓，不知为什么。”

“我也是，不过在河里钓要有许可证。我也

还是喜欢河，可能因为在河里钓可以静静等待，而海里不行。”

“我，”孩子说，“我喜欢乘着汽艇在海里钓。跟爸爸和吕迪，不跟妈妈。”

“逢上这个时候，”萨拉说，“他就不大喜欢我了。”

“我喜欢那位先生，”孩子说，“很喜欢，他的船棒极了。”

“但他很蠢！”雅克说，“你要是喜欢他，我们就不再喜欢你了。”

“为什么？”小孩问。

“为什么？”萨拉问。

“就是这样。”雅克瞧着萨拉说。

吕迪家里没有人。酒店里也没有。那人的汽艇没有系在小浮桥上。

他们等待船工，他从河对岸过来。天空又重新暗了下来，从对岸来的一些人在谈论雨。可是，从南面吹过来的小风总是吹个不停。小孩下去到了河岸上，萨拉跟着他。雅克跟吉娜的女仆说话，这是个二十岁的美丽少女，她看到，她不叫他反感。然后船工到了。过河时间不长。船上有两个青年，他们在埋怨舞会已有两天没开了，他们就是来玩儿的，只是一点都没有玩着。船工向他们解释说，这是因为有个人踩着了一枚地雷，在酒店上面的山里，两棵无花果树中间一堵白墙的地方。但是青年知道这件事。

“要是他们待在那里守一个星期，就一个星期不开舞会？”

“今晚就恢复。”老船工说。“是海关长下命令恢复舞会。我没有意见。开不开舞会都一个样，你们看到，要难过的照样难过，要想的照样想。”

“那个海关长是怎样一个人？”雅克问那位老人。

“我对他不很熟悉。他不信任年轻人。话不多。对待自己的工作很认真，据大家说，这是个好海关长。”

“吃海关饭，这是个天职。”雅克说。他向

萨拉转过身："在一艘小船底舱里发现五十箱骆驼牌走私烟，那种喜出望外的心情是应该体会体会的。"

"在这里偷运过境的，"船工说，"也就是一些香烟，像您说的，有时候还有几瓶基安蒂葡萄酒，或者一台船上用的小马达……没别的了。"

"海关员的天职得不到发挥这倒是真的，这比其他什么都令人害怕。"萨拉说。

青年开始唱歌。他们到了。雅克还跟那位老人聊了一会儿，然后他们向海滩那条路走去。河的这一边交通很繁忙，因为有好几条公路汇集在这里，尤其七公里外有一条很大的国家公路。摩托车像飓风似的驶过，卷起一阵灰尘。公路两旁的花园和葡萄园都沾了灰尘。正对海滩有一家小酒吧，他们停下来喝一杯康帕利。

所有的人都已到了海滩，包括那人，他的汽艇也下锚在岸边，还有这地方的避暑游客。这个海滩很大，从山下平原的另一头开始一直延伸到河边，总共五公里，中间没有一处弯曲。远处，一组组游客数得清清楚楚。吕迪跨着大步向他们奔过来，像一匹马。他抓住萨拉的手臂。

“你真漂亮。”

“好几天来都这样啊。”萨拉说。

小孩抓住吕迪的短裤。吕迪放开萨拉的手臂，把小孩提起放到肩上。

“这小孩我跟他这么熟，”吕迪说，“我知道总有一天会禁不住把他吃了。”

“我亲爱的吕迪。”小孩说。

“你们还是傻睡，”吕迪说，“你们迟到啦，但是也没比平时晚。但你们看，”他笑，“现在大家知道你们，也就不再等了。”

“那里有个渔夫，”小孩说，“我想要条鱼。”

“你为什么那么喜欢鱼来着？”

“我不知道。我喜欢鱼胜过喜欢你。”

“坏蛋。”吕迪说。“我会对那些鱼说你是个坏蛋。鱼是我的朋友，我会跟它们说话。”

“瞎说。”小孩说。

“那位让先生在那里。”雅克说。

“啊，是的，”吕迪说，“我忘了跟你说了，我们是跟了他乘船过来的，吉娜、迪亚娜和我。”

“他应该满意了，”雅克说，“自从他找我们以来。那么，你高兴吗？感觉好吗？”

“妙极了。”他转向雅克：“你知道，他很客气，这个人。最初几天我怕，我以为他在这儿会向我提些问题，但是不，他没向我提问题。”

“他可能很客气，”雅克说，“一切都是可能的，但是他那艘船叫我不喜欢。”

“这艘船他驾驶得很好，这个你还不知道。不知道为什么，我觉得这个人跟迪亚娜很配。昨天起我有了这个念头，我盼着他跟迪亚娜好。”

“你看错了。”雅克说。

“为什么不行？度假就这么度？对迪亚娜这样一个女人来说，度假而没有男人是很悲哀的。”

“我没说，”雅克说，“这当然是很悲哀的，但是迪亚娜和这个人之间并没有发生什么。他有话要说，但没有说。你看着吧，你可以等上十年。告诉我，蛤子酱饼怎么样？”

“她把最后一个蛤子酱饼都给了。我拼命要截下至少两个来，她就是连两个也不愿意给我。虽是这么说，是的，虽是这么说，这个女人即使在我恨她时，还是叫我喜欢。”

“我理解。”雅克说。

“是的，即使有时我真想把她掐死，她还是不断地叫我喜欢她。在船上她不愿表现出来，但是她实在很开心。有那双眼睛，她真是太美了。”

“她高兴就好。”萨拉说。

“她不是瞎说的女人，但是她会撒谎。”吕迪继续说。

“人人都会撒谎。”雅克凑趣地说。

“她没恶意，她会很凶。”吕迪说。“这很怪。”

“你没吃蛤子酱饼，那吃了什么啦？”雅克问。

“一些乱七八糟的小东西，一块油煎笋瓜。”他又愁眉苦脸说：“但是今天我吃得不好，我太想吃蛤子酱饼了。”

“你在饮食方面的拧劲儿，”萨拉说，“真叫人难以相信。”

“哪天我不再对饮食感兴趣，我也就不再工作了，这是肯定的。”他笑了起来，但是样子有点勉强。

“虽是这么说，”雅克说，“或许你对饮食的兴趣太大了，吕迪，太过分了一点。我不是说不应该感兴趣。我不喜欢那些什么都吃的人，但是你……”

“但是饮食，对我是个象征……”吕迪叫道。

“当然。”雅克说。“虽是这么说，并不总是象征。”他笑了，吕迪也笑了。

“迪亚娜跟让在一起。”萨拉说。

雅克对萨拉转过身去，微笑着。

“你也希望他们以后睡在一起？”

“我一直希望她最后会跟随便哪个男人睡觉，就是这样。”

“朋友就是好哇，”雅克说，“我也真的这样希望。”

“她菜做得那么好，”吕迪继续说，“是她把我养成这样的。现在这方面我是改不了了。我说什么也就是爱吃。”

吉娜在海里，与酒店的两位女士离开很远。其他人在说话，或者玩球。有不少孩子，每对夫妇都至少有一个。小孩跑着找他们来了。他们都是全身赤裸，沿海排列着，等待黄昏时到来的小海潮，那时太阳到达了山巅。吉娜喊萨拉过来跟她一起游泳。但是她离得太远了，萨拉去找迪亚娜。迪亚娜已经游过泳了。她穿着游泳衣躺在那人旁边。那人也游过泳了。他们大约是一起游的。

“我去游泳，再回来，”萨拉说，“说起来也算是游过吧。”

她脱去短袖衫和短裤。雅克和吕迪已经在海里了。她慢慢往海水里钻。吕迪在她前面，做着手势大叫水冷。在这个地方只有他一人说水冷。

萨拉看到他很快想到这点，好像出于领会。太阳落得愈低，海水愈热，跟吕迪说的完全相反。她跟着雅克划了几下仰泳，然后在海水里保持不动了。雅克游开了，低下头朝着海面深处游去。她朝迪亚娜游回去。她擦干身子，但是让湿的游泳衣留在身上，多凉快一会儿。那人微笑着看她擦身子。从这个目光，她看出他跟迪亚娜之间没发生什么事。迪亚娜也没比海滩上任何人更多注意他。

“你在水里的时间不长。”迪亚娜说。

“我这样已算不错的了。”萨拉说。

“我真愿意老待在水里。”

“你说说罢了……”她又说：“事情不怎么好吗？”

“人人都有他的小麻烦，”迪亚娜说，“但是这可能会更糟。”

“这可能要看怎么决定。”那人微笑着说。

“我倒没这么去想。”迪亚娜说。她又说：“吕迪没有吃到一只蛤子酱饼你知道吗？”

"我原本不相信，"那人说，"我原本以为，她最后还是会给他的。"

"雅克怎么想？"迪亚娜说。

"他没说这件事。"萨拉向那人说："这种事男人是怎么想的？您是怎么想的？"

"怎么说呢。"那人说。他笑了。

"是啊，这倒说得挺恰当的。"迪亚娜说。

"我知道了。"萨拉说。

他们开心地笑了起来。

"可能她欺骗他也比不给他吃蛤子酱饼要好一点。"迪亚娜说。

那人和萨拉都没有表示异议。远处，孩子脱离了另一群孩子，往海里去。

"这个小疯子要淹死了。"萨拉说。

他们瞧着。

"不会的。"那人瞧着萨拉说。她犹豫，然后还是站起身，又一次走入海里，把孩子带回到海滩上。他也让人这样做。她给他擦了很久，再擦自己，然后又坐到迪亚娜身边。这时刻，这块八面来风的平原上气温还是温和的了。

“舒服。”迪亚娜伸着懒腰说。

萨拉在迪亚娜的手提包里拿了一支烟。那人给她点燃。

“那么你们是乘了船来的？”萨拉说。“吕迪很满意。自从他看上了以后。”

“吕迪是个孩子。”迪亚娜突然宣布。“在船上他的叫声真吓人。”

“他今天吃了什么？”那人问。

“煎笋瓜，没别的。”

“我在想，什么会叫吕迪忧愁。”那人说。

“冬天。”萨拉说。

“我早已听人说起，吕迪这人幼稚得头脑里没有想法。”迪亚娜说。

“那是有想法的人说的？”

“被想法压垮的人说的。”萨拉说。

“吕迪对这个想法有没有想法？”

“没有。他对此很满意，就是这样。”

“从远方来的人问他，能问出什么来吗？”

“问不出什么。”萨拉说。“他对他们说：你们知道，我对什么都没有想法。”

“啊！我倒很高兴认识他。”那人说。

“那么您给我说说，”迪亚娜说，“男人对这个蛤子酱饼的故事会有什么样的想法？”

“用蛤子酱饼也可以写成文学。”那人说。

“您说的话好深啊，”迪亚娜说，“换句话说呢？”

“迪亚娜很想领教。”萨拉说。

“是的，想极了。”迪亚娜说。

“我是要你们开心开心，”那人说，“但是……没什么深刻的意思，真的。”

“我相信也是。”迪亚娜说。

他们又一次高兴地大笑。那艘桃花心木汽艇在他们面前的海面上缓缓摆动。雅克和吕迪边聊边游回来。迪亚娜站起后又躺下了。那人在吸烟。这时太阳已经消失在山背后，在这个纬度，黄昏是很快过去的。天空跟夜里一样蓝，但还很亮。

“这算是什么假期。”迪亚娜说。

“是的，”萨拉说，“最妙的是大家总是不会放弃。你明年还要过。我也是。”

“不要男人参加。”迪亚娜说。“他们个个都忠诚得可恶。”

那人已经站起来，把他的船拉过来更靠近海滩。她们瞧着他。

“说来也是你太挑剔了。”萨拉说。

“你相信什么？”她用目光指向那人：“相信他这人聪敏？”她问。

“即使你的最伟大的哲学家在这点上也是一致的，必须时时刻刻在人的不智行为中磨炼自己。”

“我很认真地问你这个。”迪亚娜说。“别笑，你相信什么？”

“我在想你为什么要通过我来知道这个呢？”

“还是跟我说吧。”迪亚娜说。

“这个我从来不会单独说的。”萨拉说。“总是由雅克代我找来这些话。”

“我所知道的是，”迪亚娜说，“直到目前为止，我从来只是跟想法清楚的男人睡觉，都是以失败告终。这样的人既不知道爱情的范围，也不知道爱情的意义。”

“什么是爱情的范围与意义？”萨拉问。

“就是啊，你要我怎么知道呢？”迪亚娜笑着说。她又说：“说到底，你看，文学也就是一种宿命，跟别的一样，谁都摆脱不了。”

“宿命，这倒是很实际。”萨拉说。

“但还是可以说说啊。”迪亚娜说。

那人还在远处，照顾他的船。

“说来也是，真的，聪敏在我心里也是一种固恋，跟别的一样。”迪亚娜又说。

她待了一会儿不出声，脸上带着微笑。

“你愿意跟我们一起坐船回去吗？”她终于问。

“我是求之不得。”萨拉说。“想想那艘船，你也会说它很豪华。”

“我这一星期来算是白说了，”迪亚娜说，

“你知道得很清楚，这东西没用。”

“说到底，你还真是个讨厌鬼。”萨拉说。

那人跟雅克和吕迪同时回来。吕迪指指山上一个点：

“火！”他大叫。

他又对着迪亚娜和萨拉说：

“那里起火你们高兴了吧。”

迪亚娜和萨拉站了起来。远处约十公里外，山上有个点在蓝色黄昏中发红光。一股浓烟升起，被风吹得弯了。

离这里还远，但风几乎总是起自陆地，火好像是对着海，也就是村庄的方向过来。

“火。”迪亚娜微笑着重复说。她向萨拉眨了眨眼。

“这里只有这条小路，其余都是山。缺的也只是火了。”萨拉说。

吉娜走近来。那人已在迪亚娜旁边坐下，他也瞧着山。

“烧得不快，”吉娜说，“还远，不用

担心。”

“烧得很快，”迪亚娜说，“盯着看，可以看出它在蔓延。”

“你不懂。”吉娜说。“要两个礼拜才能烧到这里。在这些天内会下雨，这是肯定的。”

“但是你不理解这两个女人，她们就是为了火才待在这里的！”吕迪说，“让它今夜就烧到这儿，让它叫我们大家都无家可归。你要是这个也不理解，那你还理解什么？”

“虽是这么说，”吉娜眼睛盯着山说，“不能让他们这样不管啦，总该找个解决办法吧。要么她签字，要么他们离开。总该做些什么吧。”

“应该的。”迪亚娜说。

“但是当火苗烧到他们的脚底下，他们总得离开了吧。”那人说。“我看不出你们能做什么。”

“做不成什么，”吉娜说，“我相信她就是烧着了也不会离开。”

“我不相信，”吕迪说，“还有即使这样，这事你也不能代他们包下来啊。”

吉娜耸耸肩膀。吕迪很得意。

“今天晚上舞会就恢复啦。”萨拉说。

小孩朝她走去。她开始给他穿衣，但是吉娜从她手里夺过衣服，重手重脚地代她给孩子穿。边穿还边贪婪地拥抱他。

“她这样固执，还没有说是什么道理吧？”那人说。

“没有。”吕迪说。“她待在那里，像块石头。从此也就成了石头。石头定没法活过来的。”

“固执这个词用得不当。”雅克说……“怎么说呢？”他带着一点愤慨对那人说：“这可能是个没法表达的概念，是需要我们去适应的。”

每个人都不说话。吉娜继续给孩子穿衣服，没和大家一起。

“我在想这位杂货商有什么，竟会叫我觉得那么好玩。”吕迪突然说。

每个人都瞧着海。海确实很美。天空红彤彤

的，除了那人瞧着雅克，大家都瞧着海。吕迪向雅克重提他的那个问题。

“你认为呢？为什么杂货商要那么殷勤？”

“我不知道，”雅克说，“可能因为他经验丰富，有非同一般的经验，同时又像个孩子。”

“但他的经验又是从哪里来的呢？他的经验，是不是从他没有一点经验而来的呢？”

“你跟你的杂货商叫我烦死了。”雅克说。

“但虽是这么说。”吕迪说。“人们会以为，像这样子的经验比别的经验更有决定意义，不是么？”

“虽是这么说，”萨拉说，“政治经验还是存在的，当一个人缺乏政治经验，一眼就可以看出来。你不认为吗，吕迪？”

那人也开始瞧着海。

“政治，是的，”吕迪说，有点儿为难，“但是还有等同的东西，比如说劳动。劳动是一种政治经验。其实这可能是杂货商的经验。”

“贫困不是，这不是一种政治经验。”迪亚

娜说。

“不，贫困不是。”吕迪说。“我们可以说人类经验，而不说政治经验，但我不喜欢这类词。还有，我相信爱情也是一种经验，但是这个我不肯定。因为，瞧这个杂货商，他的一生中不曾有过一点爱情。”

“然而，”迪亚娜说，“我们不知道，在人的种种缺失中，哪个缺失是最有决定意义的。”

“让我们那么弄不懂的是那个杂货商。”雅克说。

“我很遗憾，”那人说，“不能给您帮上什么忙。”他也微笑了：“我收回我对那个女人说过的话。”

“为什么这么说？”吕迪说。

“有的人大家可以理解，”吉娜说，“有的人就不，即使认识了十年也没用，所以他这样说。比如，跟山上的人就没有不同，大家相互理解。”

“您谈到这个女人很随便。”萨拉对那人

说。“您说过‘固执’这个词，这使大家不会原谅您。”

“我们这些语言专家，不会原谅您的。”迪亚娜说。

“像这样一丝不苟是我们的共同特点。”萨拉说。

“我们之间若有什么区别，也都不是太重要了。”迪亚娜接着说。

“这也使我们非常合得来，像您看到的那样。”萨拉接着说。

“语言错误也是犯罪。”迪亚娜说。

“这两个人坏心眼儿，”吕迪说，“别去听她们的。”

“不应该往坏处去想，”吉娜说，“我们说说而已。”

“大家就是喜欢说。”雅克说。

“我不愿意他把这整件事误解了，”吕迪说，“他以为我们在对他使坏，哦！我不愿意。”

“我更愿意他要怎么想就怎么想。”萨拉说。

“那不可能，”迪亚娜说，“我们不会答应的。”

“假若有人对您说这些事，”雅克说，“这是人家对您好。”

“感谢你们对我表示这样的信任。”那人说。

“是啊，”吕迪说，“应该把这一切看做是信任的表示。”

“那当然。”那人说。他拿起一支烟，点燃。他显出有点惊讶，但一点也没发火。

“你们真的都是些好朋友。”他说。“当别人跟你们在一起时，必然会感觉自己是多余的。”

“可能会给人这种感觉，”吕迪说，“但是一点也不要在意。不要因为这个就不和我们在一起了，恰恰相反。因为如果我们给了您这种感觉，竟使您厌恶跟我们在一起，那应该对我们说出来，这是我们令人厌恶，我们的友谊中，是的，也会有什么令人厌恶的东西。”

“我们也像其他人一样浑，”雅克说，“但是我们都有干浑事的天赋，所以也就相互理解了。”

“您可别上当了。”萨拉说。

他瞧她，只瞧她一人，偷偷地，但是抱的决心却跟正在进行的谈话毫无干系。没有人注意到这件事。

“那么，”他问她，“什么是值得尊重的呢？”

“这我不知道。”她说。她低下眼睛。

“那要问他们。”迪亚娜说。

“肯定是有人使这个人很不幸。”吕迪说。他说话的声音很低。

他的样子无精打采，挠起头来。

“什么是需要尊重的？”雅克说。

“一切中的一切，”吕迪热切地说，“乌有中的乌有。”

雅克和萨拉对吕迪微微一笑。

“不，”迪亚娜说，“什么都不需要尊重，什么都不需要。”

“但是上面那个老婆子，”吉娜说，“肯定是需要尊重的，绝对需要，不是吗？那个老人，还有那个杂货商。”

“那当然，”雅克说，“自然应该。”他对那人说，口气揶揄：“您不觉得这种问题毫无意义吗？”

“我不怎么觉得。”那人用同样的口气说。他止住笑容，又诚恳地说：“但是我很遗憾说了‘固执’那个词。”

“我要请您原谅我们。”吕迪说。“还有，首先我不确定山上那个老婆子是不是那么需要尊重。因为一开始对这个老婆子带着这种尊重，就不会不尊重下去，这会成为一种情感，阻碍生活中的其他情感。不，我是不赞成这种尊重的。”

“你们看见啦，”吉娜指着吕迪说，“我们都是些浑蛋。”

“这样，”迪亚娜接着说，“吕迪在这里，是跟杂货商一样的浑蛋。但是也必须像吕迪一样浑蛋。吕迪的浑劲儿真是少见，必须到处去找，才能另外找到这么一个。”

大家开始大笑。包括吕迪和那人。

“哪次，”吉娜对那人说，“您一定要上我家来吃顿饭。”

小孩朝吕迪走去，双手满是沙。

“我饿了。”

“跟你的坏妈妈去说。”吕迪说。“我可没东西给你吃。”

“大家回去吧，”萨拉说。

“谁跟我们坐船回去？”吕迪说。

“我不跟。”雅克说。

“您要是步行我陪您。”吕迪说。

“我不马上回去，”那人说，“我要到海上去兜一圈。”

他们显得很惊讶，但那人说话还是平时的语调。他走开了。其他人三三两两朝河的方向走去。吕迪一组走在其他人前面。吕迪握住萨拉的手臂。雅克走在吕迪的旁边。

“你看见啦，”吕迪说，“这家伙多牛。”

“我看见啦，”萨拉说，“但是你犯不着

激动。”

“犯得着，”吕迪说，“我是不让他难堪。”他瞧雅克，雅克毫无所动。“要是我们对他的汽艇太漂亮了不满意，就应该对他说出来，跟他解释为什么，让他明白，他会很高兴我们对他直接说出来。”

“但是，”雅克最后说，“有时候人会听任自己发脾气。说不出为什么。”

“那当然，”吕迪说，“但是你看，最近一段时间以来，我不再喜欢不惜一切代价去改变世界这个想法了。你们这些人总是要改变世界，强制世界。世界当然还是应该改变的，但是要让它任着自己、自然而然地改变。我将会尊重这个人的船，他对这艘船的爱。在你们来以前，迪亚娜谈到从他那里把船偷来去兜风，为难为难他。那是千万不行的。”

“她没跟我谈起过。”萨拉说。

“但是每个人都愿意改变世界，”雅克说，“活着的人没一个不愿意改变世界的。”

“但是我不喜欢您有这样的看法，认为自己对于改变世界还是有用的。”吕迪说。“我去把他的船藏起来，你们就找不着它了。黑人受白人剥削，黑人有白人的聪敏，更多于白人有黑人的聪敏， 不应该出于对黑人的关心就认为黑人有白人这么聪敏。”

“黑人，这又能使他怎么啦？”萨拉说。

“这你满意了吧？”雅克说，“说黑人有白人这么聪敏？你以为这样说了他们就幸福了吗？”

迪亚娜走在他们后面，赶了上来。

“我不知道在说什么，”她说，“但是我同意吕迪的看法。”

“在说那艘船，”萨拉说，“吕迪说这个人的东西还是归这个人去吧。”

“这我不同意，”迪亚娜说，“我也需要乘这艘船去兜风。”吕迪笑了，拉她的头发。“这种需要跟这个人对这艘船的需要一样大。”

小孩走在前面，跑向白色的波涛。听到迪亚娜说到船，他转过身来。雅克心不在焉，显然在想吕迪的最后几句话。

“我不明白，”他说，“你怎么可以说这样的话，支持这样的东西。”

“但我就是讨厌你这种马克思主义！”吕迪叫道，“你对黑人的这种规划。”

“在上船以前，”迪亚娜宣布，“我先去浮桥附近的酒店来上一杯苦味康帕利。”

“不，”雅克慢慢说，“即使以你的意思来说，黑人也只可能有白人的一种受歪曲的聪敏。白人已经不再是白人了，他们对黑人进行的压迫使自己也异化了。这种事跟世界一样古老。”

“是的，”萨拉说，“归根结蒂，应该隔一阵子去偷这艘船，因为这个人只有在船受到威胁时才有这艘船一样的聪敏。”

吕迪也笑着去拉她的头发，但是她躲开了，追上在小孩身边走着的迪亚娜。

“回酒店以前就这样待着了。”她说。

“我们去偷那位先生的船？”小孩说。

“妈的，”迪亚娜说，“这下子可好了。”

“你没有听懂，”萨拉说，“我们跟他闹着玩的，兜上一会儿风。有时候大家只是说说，没别的。”

“那么我们去偷他吗？”小孩又问。

萨拉向雅克和吕迪转过身。

“这下糟了，”她说，“他全懂。”她指指小孩。

吕迪响亮地笑了起来。

“啊，这好啊！”

“但是去不去偷还不一定。”萨拉说。

“我要，”小孩说，“我要马上就去偷。”他急得跺脚。

“那么我们去偷他。”迪亚娜说。又对萨拉说：“我必须立刻来杯苦味康帕利。”

他们加快步子，喝下苦味康帕利，天黑前过了河。吉娜第一个跟着酒店的大队人马过了河。她要在晚饭以前去看那对老人。他们拒绝跟她去。吕迪犹豫了一会去不去，最终他也放弃了，想再来几杯康帕利。他们喝了不少。他们从海滩回来后托付照顾小孩的那个女仆，正在酒店前面散步。那人在他们之后半小时来了，坐在他的桌子前开始阅读一张报纸。当吉娜从山上回来，有几位客人已经在吃了。女仆耐着性子一直在酒店前面散步。而雅克和吕迪还在谈论黑人与白人之间的聪敏问题，迪亚娜和萨拉时时心不在焉地鼓励他们谈。面前总放着几杯康帕利。

“小的在哪里？”吉娜说，“你没有要他吃吗？”

“喝上了苦味康帕利，我总是觉得不那么着急，”萨拉说，“但是他在海滩上已经饿了，这倒是真的。”

“他上你家去吃晚饭吧。”雅克说。

“那就不大识相了，”萨拉笑着说。她唤女仆。女仆从天棚的亮光里朝他们笔直走来。她甚至不等待别人向她提问题。

“八点半了，”她说，“该知道你们要什么了吧。”

“小的在哪里？”

“不用为他操心。还是说说你们要什么吧。”

“把小的叫来，”雅克说，“别的再看。”

“他在河边上蹚水，没法不让他干。”

她走到河边喊他。他穿了凉鞋在水里走，泥浆直至他的膝盖。

“怎么？”萨拉说，“他要淹死您也让他这样干？”

“您要是我的保姆，”吉娜说，“我会给您两记耳光。”

“不应该说这样的话，”女仆说，“吕迪太太，您不了解他们。”

“我们认识五年了。”吉娜说。

“这真的不是一码事。”雅克低声说。

“他在水里这么久，肯定已经着凉了，”萨拉说，“我在那里喝康帕利，一点也没想到。我真是受够了。”

“受够的也不是您一个人。”女仆哭哭啼啼说。

“我现在是完全受够了。”萨拉说。

女仆露出同情的神情。

“我就带他回去，给他换鞋。”她说。

“您太过分了，”雅克说，“我跟您平静地说，我可以肯定，您太过分了。”

“您干活不老实，这可不好。”吕迪说。

每天晚上，这个时刻，在天棚下总要上演这同一幕戏。酒店的客人全都反对女仆，一般来说还有整个村子，除了海关员以外。女仆开始哭了。

全酒店的人都带着厌恶的神情瞧着她哭。

“我收回‘不老实’这个词，”吕迪说，“但是您不喜欢那小孩，这是肯定的。注意，我们不强迫您喜欢他，但是至少应该在孩子身边干好您的工作。”

“没错，”迪亚娜说，“她对小孩不老实，这话我来说。”

“没必要哭。”雅克说。他站起身，抓住女仆的手臂。“您烦我们，我们烦您，我们怎样烦您，您也怎样烦我们。但是因为我们在这里没法分手，到了巴黎再分手。您懂吗？”

女仆哭得声泪俱下，没有回答。

“您听懂我说的，还是没听懂？”雅克又说了一遍。

“我懂了，”女仆说，“但是……”

她又哭成了一团。

“应该给她来一杯苦味康帕利。”雅克说。

“应该给她来个屁，”吕迪说，“你们是浑蛋。”

“但是什么？”萨拉问女仆。

“我啊，”女仆说，“就是在巴黎，还是老样，总是一个保姆。”

“是这么一回事啊。”萨拉说。

“这个我们知道。”雅克说。“谁愿意当保姆啦？”

他站起身，给她一杯苦味康帕利。

“谢谢，”女仆说，“今天下午我喝得太多了。”

“我们给您时间，”萨拉说，“您去找个没有孩子的好东家，您要找多久就多久。别哭啦。”

吉娜取下了小孩的鞋，用她的手绢给他擦脚。她嘴里轻轻嘟囔，说女仆，说萨拉。

“今天下午您喝得太多了？”迪亚娜说，“这倒好啊。”

“那里选举美丽王后，”女仆说，“一定要喝的。”

“谁是美丽王后？”雅克问。

“那个女孩，您知道，隔壁那家渔夫的女儿。他们曾经犹豫在她与我之间挑一个，但是她当上了美丽王后，我是微笑小姐。”

大家都哈哈大笑。

“啊！这了不得，这了不得。”吕迪说。

女仆也笑，很开心。

“你们可以拿我开心，”她说，“我跟别人一样会微笑。”

她收住笑容，又用平时的语调说：

“那么，我要给他做什么？”她指指小孩。

“领他回去，”萨拉说，“他上吕迪家吃晚

饭，饭后您把他领回家，给他睡。”

“今晚我出去。”她说。

雅克瞧萨拉，耸耸肩。

“她每天晚上都出去，”他说，“今晚还要答应她吗？”

“我什么也没有答应过她。”萨拉说。

女仆把他们轮着瞧，很有信心。吕迪在发火。

“的确，”萨拉说，“您每晚都出去。”

“您是这样答应过我的。”女仆说，毫不退让。

“你们都一起滚。”雅克说。他开始吃了起来。

“他不要去吕迪家了，”萨拉说，“这样太久，天也晚了。您给他吃，让他睡下。叫我不放心的是您会打他，不给他好好吃。”

“我不会打他的，您不用担心。他跟我吃得一样。晚饭后您来找我吗？”

“既然您说我答应过您，我就来吧，”萨拉

说，“但是很不情愿。”

“我也没别的办法。”女仆说。

“我宁可让他到我家去吃。”吕迪说。

“我不回家，”小孩说，“我要去吕迪家。”

“又来了，”女仆说，“我烦透了。”

“我陪你们回去。”萨拉说。她对小孩说：“我跟你一直走进厨房，你吃饭。我来抱你。”

“我也跟你去。”迪亚娜说。

“他要是不去吃，”吕迪说，“那我就留在酒店里吃一次吧。”

“随你，”吉娜说，“就这一次让你吃得差些对你也有好处。”

每人都不说话。萨拉、迪亚娜和雅克都相互看了一眼。

“今晚有什么吃的？”吕迪问。

“茴香烤火鱼，”吉娜说，“还有茄子，没别的啦。”

“什么茄子？”

“奶酪馅茄子。”

每人都瞧着吕迪。尤其是雅克。迪亚娜把另一杯康帕利一饮而尽。

“那么您来吗？”女仆问。

“我还是留下。”吕迪说。

“我不留下，”吉娜说，“这家酒店的菜我想起来就要吐。”

“我们可是天天晚上只有这样混着吃。”雅克说。

“你们有一个家，一个保姆，”吉娜边走开边说，“你们要是不愿意吃家里做的菜，这是你们自己的错。”

“我们宁可跟朋友吃得差，也不要在家里吃得好。”萨拉说。

“吉娜！”吕迪喊。

她不回答。吕迪跑过去追她，没有回到酒店吃晚饭。

迪亚娜和萨拉走了。她们轮流抱着孩子，把他带了回去。然后她们又回来沿着河溜达。其他人在她们回来时已经在吃了。那人也正在吃。他穿一件白得亮眼的衬衫。走到天棚架下面以前，迪亚娜抓住萨拉的手臂，指给她看火。

“看吧，还在扩大。”她说。

“不，”萨拉说，“是假期让你这样以为。”

“可能。”迪亚娜说。她又说：“但是这些朋友到底缺了什么？在这里大家都相爱，彼此相爱，我们缺了什么？”

“可能缺的是陌生感。”萨拉说。“在这个地方大家都奇怪地跟陌生感是隔绝的。”

“可能什么都不像友谊那样会把陌生感隔绝。”迪亚娜说。

“可能。”萨拉说。

“幸而这里还有这个带了汽艇的人，”——迪亚娜笑了——“充满了陌生感，这个可怜的人独自承担了我们需要的陌生感。”

“幸而如此。”萨拉说。

“但这对你与对我大约不会完全是一回事。”迪亚娜说。

“你从来不曾连续三天跟一个男人生活

过。”萨拉说。“这不会学到东西。”

“学到什么？”

“陌生感的代价。”

“我还是可以学的。”迪亚娜说。

“我不觉得，”萨拉说，“当你从来不曾连续三天跟一个男人……”

“你们给大家做出的榜样并没有鼓励我这样去做。”迪亚娜说。

“我觉得我们的例子恰恰相反还是很鼓励人的。”萨拉说。

“不。没有一对夫妻，即使是最好的，能鼓励别人去爱，没这回事。你也不可能懂，因为你身在其中。”

“这倒是的。”萨拉说。

“经历过的爱情都是退化的爱情，”迪亚娜笑着说，“这大家都知道。”

她们不声不响有一分钟，但是也没有动。

“我不知道为什么，总觉得你一定跟他吵过了。”迪亚娜说。

“不是这么回事。”萨拉说。

“又是哪回事呢？”

“说起来很复杂。”

“人家总说夫妻之间都有困难的时刻。是这个？”

“的确，是这个。”

迪亚娜做了个模糊的手势，表示冷淡和悲哀。

“你们都很折腾。”她说。

“我愿意对你说。”萨拉说。“我不再为这个地方不开心了。雅克也没有。我不愿意说我们不开心。”

“那很好。”迪亚娜说。她更凑近地瞧萨拉。

“那很好。”她又说了一遍。“我也愿意对你说个事。每天晚上你代替保姆来照顾孩子，你这样安排是为什么？他怪你的时候是做对了。”

“我没有这样安排，是她天天晚上要出去。”

“不对。”迪亚娜说。“事实上是你有意避开跟我们大家多过几个晚上。你烦这样就像我烦你们大家。”

“我从没有烦你们大家，”萨拉说，“从来没有。”

“但是你知道，这是个时间的问题，哪怕是很短很短的时间。”

她们决定到酒店的天棚下去找其他人。

因为这里只有这家酒店，大家也没有到其他地方去的选择，至少在河岸这一边如此。没有人想到上对岸去吃，虽则那里有两家酒店。不，大家留在这边炎热的河岸上，吃的东西总是这一套，老板不怕竞争，即使来自对岸的竞争也不怕：鱼、面饼和汤。老板声称，食品供应不方便，这是菜单长年不变的理由。这要养成习惯，大多数客人已经养成了习惯。

进餐的气氛并不因而缺少欢乐。大家说话，隔着桌子呼来唤去，天棚下的桌子一般都会参加谈话。谈的无非是这个鬼地方，大家都没过好的假期和天气热，还会有别的吗？有人声称所有的假期都是这样的。有人说不是这样的。许多人回忆起从前度过的精彩假期，百分之百满意。大家在这点上达成一致：假期满意是很少的，又少又难，需要许多运气。

一般来说，没有人想得起以前过过像这次这么差劲的假期。

至于造成假期差劲的原因，又众说纷纭了。

有人说，这是一个人为的、没有理由深交的社团，大家在里面的生活又相互挨得太近了。还有人说，这不是一个人为的社团问题，首先这个地方太挤，其次没有一点玩乐消遣的资源，因为这个原因，大家只能依靠大家来玩乐、游泳、散步、闲聊。大家天天无休无止地相互等待。一位女士说，为了中午去游泳，必须从早晨九点钟就做准备，一起床就问这个，问那个，是不是愿意这天跟你去游泳。这是因为这个人或那个人，他也在等待另一个人，另外的另一个人，他在前天答应跟他一起去游泳，但是他后来又答应了另一个人跟他一起去游泳。这是一个相互等待的永动齿轮。

另一位女士说，这类情况也是有办法治的，只要下决心什么人都不等就可以了，像她三天以来都是自己单独去游泳的，陪伴她的只是她的丈夫和她的两个小男孩。但是酒店里的其他已婚客人不同意她的说法。假期不是这样过的，不能只跟丈夫和孩子游游泳。恰恰相反。假期是用来跟除了丈夫和孩子以外的其他人一起游泳的。这才可说是假期存在的理由，方便结交新朋友，简便直接，摆脱社交场上惯常的转弯抹角。

大家普遍认同，在这个地方，吕迪一群人比其他人处理得好。这显然是吕迪更习惯这个环境，熟知各种陷阱，也就不会跌进去了。

一条公路，还有一个人说，这个地方缺的是一条公路。现在这条路刚够汽车驶过，让你产生幽闭恐惧症。当你不想在这里而是另一家酒店喝上一杯苦味康帕利，要在这条破路上走七到十公里，这种生活怎么受得了？

对吕迪一群人和对天热，大家都一致同意。这次假期过得不好跟天热很有关系。但是吕迪在大家谈论的时候到了，显然他不同意大家对天热、对假期的看法。他说他喜欢这里的假期，这个地方，这样的热天。他说几个月后天气转冷时，想到这个地方、这样的热天，想象这些毫无生气、令人无法呼吸的下午，可以帮助他更好地忍受雾和风。

吕迪到了以后，在他谈起天热以后，那人宣布他基本上同意吕迪的看法。天气也没热得像大家说的那么不可忍受。这里的假期就他个人来说还是个不错的假期，尤其这跟他往年的那类假期有所不同。有人问他，他说的假期是怎么样的，在什么地方有所不同，他说主要是这里遇到的人不一样。雅克问，这里的人怎么样？那人说他们都相互很不一样，但是他们大家也有某样东西是共同的，这某样东西他以前从未遇见过——他笑了——他这一次也不急于把它说出来。雅克也跟着那人笑了，吕迪听了显得高兴。雅克问，是不是因为他们都是朋友？那人说是不是仅仅如此他没把握。雅克也就没追问下去。

席间，没有提到或极少提到扫雷员的父母。这次闭口不谈无疑有许多理由。酒店和这地方的人知道，吉娜、吕迪、雅克、萨拉和迪亚娜每天上山去看他们，吉娜独自保证他们吃的，这样其他人在这方面都被剥夺了主动权。既然这些人从第一时间起就以吉娜为首把照顾扫雷员父母的事承担下来，其他任何努力都是多余的了。可是，每个人都对他们天天上山探望不同意，一人说因为这样做不合适，另一人说他觉得这说明这群人对于人间惨象有一种不健康的好奇心，还有人因为人家这样主动他感到屈居下风了。但是大家不提起，无疑也因为这件事发生已经三天了，已经丧失了时事性。山火已经代替了它的位子。

因为那人认识大家不久，又正逢上出事的当口来到这里，他谈这样的事是不应该犹豫的。可是他说话并不比别人多。他大约猜到，尤其从海滩回来以后，事情不是那么简单。

每张桌子都已吃完好久了，他们还在一边闲谈，一边等待去玩球的时刻，这时在河对岸，那么静的夜里像响起一声爆炸，传来了舞会的电唱机声。自从扫雷员踩上地雷三天以来，还是第一次听到。船工的话不错。就因为那个老婆子固执己见，决定不在死亡报告上签字，这件事拖延不决，海关长认为没有必要再予以尊重，就下命令恢复舞会。每人都低下眼睛，尴尬地静默了。吕迪首先开口。

“这就像是在向他们下逐客令，”他说，“但是这不正常。”

“是，”吉娜说，“这不正常。”

“但是也不能永远这样下去，”吕迪说，“全体年轻人都要求开舞会……”

“是，”吉娜重复一遍，“这不正常。”她又说：“即使正常，我也不愿知道。”

吕迪没有回答。气氛是悲伤的。有一种凄凉，犹如离别，犹如事件发生的第二天，每人都隐约感到了这点。这是一首探戈，内容是爱情。夜安静炎热，仅有河上的清风吹过，乐曲整首都传到天棚下。像喊声那么响亮，毫无顾忌。吉娜说过那句话以后，谁都不知道对这件事该怎样明确表态。那人也不。

“我是赞成恢复舞会的，”雅克对吉娜说，“即使在这种情况下。”

吉娜耸耸肩。大家都不说话。

“不是人人都赞成开舞会来反对世界上可能发生的一切吗？”萨拉问。

“是的，”雅克微笑着说，“凯旋归来和国王登基一般是开舞会的。”

“我比你更喜欢跳舞，”吉娜说，“比这里所有的人都喜欢。”

“是的。”雅克说。“年轻人的那一套，我们也可以不当回事。”

“是的。”吉娜说。

她站起身，带着岔开话题的语调宣布，谁要是愿意早睡，就应该立刻去玩球了。大家起立。雅克朝萨拉走去。

“你跟我们一起去吗？”

她提醒他说，她应该到女仆那里去，她等着

她回去，好去找她的海关员。她又说，她稍等一会儿再去，现在，是的，她陪他们上那里去。雅克没回答就离开她远去，就像每次他们提到女仆的问题一样。

他们都一群群走了。他们朝着海走去，还没有越过杂货商的那家店铺，另一个舞会，在河的此岸举行的那个舞会，哗啦啦也响了起来。吕迪去到萨拉旁边。他什么也没说走了一会，然后说：

“来跟我们一起玩吧。别去找那个臭保姆了。”

“她天天用她的海关员来缠我，”萨拉说，“现在我实在是受够了。”

“还是来吧，这个臭保姆会干的事没什么重要的。”

他被自己说的话吓住，停了下来。

“对不起。有几次我说起话来像个浑蛋。这不是我要说的意思。我要说的是你太受那个保姆欺侮了。今晚你应该去玩球，你不用为她操心。”

“我试试吧。”萨拉说。

吕迪抓住萨拉的手臂，他们继续朝球场走去。在小路与山路的交叉处，他们机械地抬起眼睛。杂货商的防风灯照得荒屋的白墙头通亮刺目。这是此时山里惟一的亮光。他们也是睡得很晚。

“啊！这个杂货商我很喜欢，”吕迪又开始说，“但是这些舞会的音乐可能会扰得他们没法睡觉。”

“他们应该在白天睡觉，”萨拉说，“这就没关系了。”

“你看这个吉娜，她竟要人家不许开舞会，你看见了吧？可能她还要我们大家都像那几个老人去守夜呢。”

“没这个事，”萨拉说，“既然她也去玩球。”

“这倒是真的，”吕迪说，态度缓和下来。“但是你看我就是这么个人，当雅克回答她的时候，这真使我替她难受。”

“但对雅克也是，这是肯定的。怎么才能不

这样呢？我原要对你说，明天早晨我们大家跟这个人乘船到白头山那边去兜风。”

“他什么时候跟你这么说的？”

“今天早晨在海滩上。”

“那好。”吕迪说，很起劲。他犹豫中又说：“今天晚上我们对他说了那么多难听的话，他或许已经改变了主意。你看到，他一个人坐了他的船走的，仿佛在向我们说，他才不在乎我们呢。注意，我觉得他是对的。”

“但是他看到我们都在笑。”萨拉说。

“你没怎么笑，”吕迪说，“还有迪亚娜也没笑。”

他没把这件事往下说。闭上嘴。然后突然有了其他的想法。

“你知道，有几次，萨拉，我相信你没把你想的事说出来。”他说得非常慢。

“我没想什么事，”萨拉说，“有几次，我觉得我不知道这是什么。”

“每个人都多少处在这种情况。”吕迪说。

“但我要说的不是这个。你很清楚我要说什么。你为什么做得像你不理解似的呢？”

“我没再往这里去想。”萨拉说。

“有些话闷在心里不说是不好的。我不愿意你把不满意我的那些话留着不说。”

“既然我明白你说这些话是有道理的，那就没必要去说了。”

“哦！我真烦死了，”吕迪呻吟着说，“我知道，为了这个你还恨着我。”

“我一点也不恨你了，吕迪。”

“我觉得是恨的，你是恨我的。请理解我。我也认为不说应该有个界线，你知道，这个界线再往下就要假仁假义了。不在这以前也不在这以后。但我还是喜欢那些敦促自己去打破这个界线的人，敦促自己说话的人，而不是敦促自己不说话的人。是的，我还是更喜欢他们。你在这个时刻，至少四天以来对我不满意，你就是有话不说。这让我不高兴。这些话让你难受，我可以肯定。”

“或许大家也可以不说话而做其他事，”萨拉说，“做其他事，收到跟说话同样的效果，也同样使你如释重负。”

“有时候，我喜欢你这么笨。”吕迪说。

他们正在一座灯火通明的别墅的窗下，相互瞧了一眼。

“现在她不知怎么很不开心。”吕迪对自己说。“这一切都是我的错。”

“你错了。此刻我没有一点不开心，我和你一样，对一切都满意。”

“对天热也满意？对这个地方也满意？”

“是的，对这个也满意。”

吕迪又抓住她的手臂，待了一会儿没说话。

“请理解我。”他终于说了下去。“既然事情到了这地步，我已说了出来，你反对也没用了。它存在于我们之间。要是你做得像我没说过似的，那么这事就会变得重大得不得了，比我要说的还重大一千倍。这叫我很尴尬。”

“既然我没有去想。”萨拉说。

滚球场到了。吕迪还是满腹心事。

“你知道我在想什么吗？”他说。“我在想对什么都害怕得要死的人，恰恰会去做最冒风险的事。可能还是其他人不敢去做的事。”

“但这跟害怕是一码事。”萨拉说。

“可能是。害怕会给人勇气去冒险。还可能一切都敢做，这也比单独一个人害怕强。”

“但是你为什么跟我说这个话？”

“我不知道。就这样想起来了。”

他们来到了滚球场球道上。雅克已经在那里了。他走进咖啡馆，要求点灯。他一从里面走出来，球道灯就亮了。

队伍在吉娜的指导下组成。因为玩的人太多，总要花上很长时间。萨拉说她不玩，她该回去了。吕迪有点儿要留她，但是没有很大信心。

当其他人都站在球道的强烈灯光下，尝试组成几个实力相当的球队时，萨拉走去坐在灯光照不到的长凳上。长凳跟球场是平行的。那人走过来找她。

“今天晚上我不想玩，”他说，“玩的人已经太多了。”

人确实多得很，组织一局比赛都没完没了。每次总有几个人气馁了。这是吉娜希望看到的。那人看到他们笑了，萨拉也是。

最后，吉娜把雅克和迪亚娜编入她的一队。吕迪跟酒店里玩得最好的客人组成另一队。每个队里有六个人，这太多了。每局比赛总是时间太久。每局经常以吉娜与吕迪为了比分吵架而告终。但吵架就是再凶也没有真正的重要性，只是表明吉娜玩球争胜的脾气，以及她就是爱跟吕迪顶牛的嗜好。她从不把吕迪编入自己一队就是要引起争吵。吕迪很高兴由她去怎样安排，因为只是在海滩游戏和其他事上，吉娜才又好动爱闹的。

比赛开始了。比赛立刻非常吸引人的注意力。萨拉和那人并排坐在长凳上，同其他四个人关注比赛的进展。上半场比了大约半个钟点，他们也在那里待了那么长时间。当那人说话时，他的声音几乎被舞会的乐声和球员的叫声淹没。

“我很希望跟您到舞会去上一会儿。”他说。

他一直瞧着球场。他的声音平静，几乎冷漠。

“为什么不去呢？”萨拉说。

那人转回目光。

“我要知道这件事是不是可能。”他说。

她犹豫了一下。雅克瞧着吉娜抛球，完全被比赛吸引去了。

“这件事是可能的。”她说。

那人慢慢说，是深思熟虑后作出的决定。

“这样的话，我们可以去啊。”他说。

“是的。”萨拉说。

“要是我理解对的，您的时间不是太多。”他说。

“虽是这么说，”萨拉说，“她还是可以等我一会儿的。”

那人站起身。她在他以后站起身，朝雅克走去。那人留在长凳旁站着。

“我去舞会转一圈，”萨拉对雅克说，“过后我回去。”

雅克看见那人站在长凳旁。迪亚娜也看见了。雅克和那人相互微笑。那人的神情带着含糊的歉意，雅克的神情显出很通情达理。

“这主意不错。”雅克说。

“既然我们又不玩球。”萨拉说。

“你们说得对。”雅克说。“有什么好留下来看的呢？”

“我原要跟你们一起去的。”迪亚娜说。

她说这话，仿佛这事是无可弥补的。

“轮到你啦。”吉娜对雅克叫道。

萨拉找上那人。他们走出围场。

这里朝着海的方向，舞会正在河口附近那里举行，面对着一家咖啡馆。舞会与咖啡馆面对面，中间隔着那条小路。所谓的舞会，是在几根桩子上搭上木地板，四周围上涂白灰的芦苇。饮食消费都要过小路到露天咖啡座上去取。白天这地方是空的，总是由于气温高只能在咖啡馆里面吃喝，芦苇篱笆内没有人跳舞，全是一道道太阳光，现在篱笆内都是年轻的舞客。舞会的灯光把白芦苇与舞客发亮的影子打在小咖啡馆的露天座上。当他们到的时候，正在播放《巴黎小姐》。他们要了几杯苦味康帕利。

“想起来舞会挺有意思，”萨拉说，“竖起三根芦苇，四邻八舍的人都来了。”

“我很高兴您也来了。”那人说。“想起来舞会也真是挺有意思的。”

“奇怪的是我们从不来，总是玩球。”

“就在附近，也没有想到，所以是这样。”

他们瞧着舞客。但是现在他们又谈起舞会。他说他没去过非洲，但现在可以想象阿比西尼亚、索马里的前沿岗哨是什么样子了。

“您早知道我会来。”萨拉说。

“我相信是，虽是这么说，我不是完全肯定。”他又说：“我想问您为什么总是安排自己而不是保姆带孩子。我来这里四天了，而……”

“这是她的安排，要我不要忘记她等着呢。”

“我不完全这样认为。”

“是的，”萨拉说，“知道有人等着你表示那就不可能忘了。”

“她有个情人，”那人说，“不是吗？”

“是的，一个海关员。他只是晚上有空。”

“你们这些人都叫人感到压抑，”那人说，“性格都那么固执，”——他笑了——“啊！我很高兴到这里来度假。”

“我愿意您对吕迪和吉娜有更好的理解。”萨拉说。

“我也愿意。”那人说。

“我相信一个人幸运的话，像他们这样的人一辈子也只能遇到一回。”

“我已经开始这样认为了。但谁不是一辈子只能遇到一回呢？”

他们喝他们的苦味康帕利。

“人不能相互认识到这个程度，”萨拉说，“真是很怪。”

“我叫让。”那人说。

“说来也是，这里没有人叫您的名字。”

“他们叫您萨拉。是吗？”

“是的。”

“这对我完全没区别。”

她要再喝一杯苦味康帕利。他也要再喝一杯。他说起初几天他一点不喜欢这个饮料，现在已经习惯了。有的东西就是这样，起初几天不喜欢，然后习惯了直至喜欢上了，有时甚至会非此不可。就这样，我不知道现在这个地方没有苦味康帕利怎么活。新发现的东西。

“您若不一定要回去，我们上船去兜兜风吧。”那人说。

“即使不一定要回去，这也不可能。”萨拉说。“大家都太眼红这艘船了。马达一响老远就听到了。还是明天早晨吧。”

“明天早晨。”那人重复说。

“今天下午，”萨拉说，“在海滩上，我就不知道大家都怎么啦。”

“我什么都没注意到。”

“可能大家有点恶意。”

“恶意每个人都是有的。”那人说。“即使最好心的人也有。”

“这对您也无所谓吗？”

“不太有所谓……”他又说，“但是很快我应该说，我只是觉得间接被人当作目标而已。”

“这会的，”萨拉说，“像这样常待在一起后会的。”

他向桌子凑近，面孔离萨拉的面孔很近。

“您有个孩子。”他说。

“是啊。”

“您有个脾气很坏的保姆？”

“是的。我很怕海。”

“怕海，可能也怕许多其他的东西。”

“是的，许多其他的东西。”

“那么，我没看错人啊。”他边笑边说。

“那可难说。”萨拉也边笑边说。

“不，我相信我们都没看错人。就是看错又有什么危险呢？”

“没有。”萨拉说。

他更向桌子凑近一点，但是她没有从自己的位子上移动。她只是瞧着他。他明白她不能做他做的事，她不愿意这样，因为这地方小，三十个人，个个都认识他们。但也只是因为这个原因。

“我还要来一杯苦味康帕利。”她说。“您呢？”

“十杯。我要十杯。”他说。

他凑得更近了。

“然后呢？”他问。

“我不怎么知道。”萨拉说。

“您不做些与众不同的事吗？”

“不。我睡得很好。您呢？”

“没特别的事。”那人说。

“这也算是一个。”萨拉说。

“这下子我们都清楚了。”那人边笑边说。

他们有好几分钟互不说话，这时他们喝完了第三杯苦味康帕利。然后他们又谈起这个地方、吕迪、这里的人、天热和海。然后萨拉说：

“我应该回去替换保姆了。”

他对她说很乐意送她回去，她接受了。他给苦味康帕利埋单。他的样子有点惶惑。不是因为他那么年轻，不，而是他这个人不太在乎在女性身上取得成功，以致把它仅仅看成是有关个人威信的事。这点很快可以看出。好像人家在勾搭时做的，他付康帕利留下一大笔小费。

他们经过滚球场前，正好雅克抛球。雅克是这群人中最好的三名球手之一。大家都在瞧着他抛。没有人看到萨拉在这么晚有那人陪着走过。小路是空的，在一百米的小路上排列着四盏路灯，只照亮了别墅的白墙头。他们走过作为村庄主体建筑的三家商店，走到了酒店广场，那里保留着本地仅存的一棵树，那棵树据吕迪说是被碎石子而不是被太阳杀死的。酒店里还有三名客人，其中有杂货商。萨拉拉了那人到天棚下。河对岸的乐队也演奏起了《巴黎小姐》，杂货商独自坐在桌前，面对一杯柠檬水，用手在给曲子打拍子。他打哈欠。河对岸奏起了《罂粟花》。

“晚上好。”萨拉说。

杂货商带着厌恶的表情指指柠檬水。

“该去睡觉了，”他说，“上面他们只有酒，喝多了叫我难受。”

萨拉给他们两人介绍。但是他们已经认识。

“您是汽艇的主人。”杂货商说。“从上面天天早晨看到您朝大海开去。美极了，船尾的水花很长时间不散，从上面看下来真美。”

“那么，”萨拉说，“神父来过了？”

“他明天来。从我对他们的了解来看，他们不会这样就算了。”

“她吃了吗？”

“喝了点汤，没吃奶酪。他们离开后我会去看他们。我总是没有要去走动看看的朋友，这也是旅行的借口吧。今年冬天我要去。”

“您说他们离开后，”萨拉说，“那么您开始相信他们还是可能离开的？”

“这事是不可避免的，”杂货商说，“不走永远留在这里？这已经太拖了，”——他呷一口柠檬水——“我喜欢他们，说不出为什么。可能因为他们是新来的。我把我倒霉的一生说给他们听，散散他们的心，不但我的生活，还把我没有过过的生活，我想要过的生活也说。从前还没有人这样听我说过，我说得累了，也不知怎么啦。”

“跟您，她应该说话了吧，”萨拉说，“我们可以肯定，我们还跟吉娜这么说的。”

“说了一点，零零碎碎的，但她还是喜欢人家给她说故事。这也是有点为了这个原因我跟他们说了那么多。但是她说谢谢，你好。”

“她说天热了吗？”

“从来不说。也不说火，她看见的，指给我们看，就这样。”

他呷了一口柠檬水。

“嗨，你们应该看她听故事的样子……我相信她不是那么不幸，她是没有精力，上了岁数。是别的事。”

“什么别的事？”那人问。

“怎么说呢？”杂货商说，“这没法称呼。也没必要称呼，说出来有用吗？”

“那当然。”

“可能是疲劳。”杂货商说。

他不说了。这天晚上，他跟扫雷员的母亲一样苍老。

“明天早晨，我们去看你们。”萨拉说。她又说：“可能我们常这样过来反而叫他们讨厌吧。”

“哦！不，”杂货商说，“恰恰相反。她跟人来往、听人说话的兴趣还是有的，还可以说很感兴趣。”

他们走了。过了广场，后面的小路没有灯光。但天光映在河面上，还是看得够清楚的。河很近。潮水在涨。沿着河岸的水流声，一阵阵回应着波涛缓慢的节奏。

“有了这条河还是好。”萨拉说。“多看了也不会厌。江河是很美的，尤其流到了下游，气势浩大，像这个样。”

“我昨天溯河而上，一直到了桥下。从弯子

开始都给遮住了，两岸都是鸟。您应该去看看。”

“哪一天吧，”萨拉说，“从海滩回来时可以去。”

“要提早些，”那人说，“您说的那个时间是看不见鸟的。”

“吕迪跟我说起过，”萨拉说，“每年他至少要往河的上游去一次。”

“吕迪有什么没跟您说起过的？”

那人靠近她，抓住她的手臂。

“怎么啦？”他问。

“没什么。”萨拉。

他不知不觉搂住了她。

“这个人使你不开心？”

“我不知道。”

“我也喜欢人家有事跟我说。”

“这事我不能对您说。”

“您不喜欢多说？”

“不喜欢。”

她向他转过身。他们相互瞧了一眼。

“不应该不开心。”他说。

他们走过一大段路，彼此没有说一句话。河里的波涛升得更高了。然后他问。

“现在结束了吗？”

“结束了。”

“您叫我那么喜欢，这真怪。”他说。

夜是那么热，他们手臂接触的部位立刻形成一团汗渍。他们再没有说过一句话，就走到了别墅前面。萨拉停下。

“咱们到了。”她说。

他吻她。然后他离开她一步。她没有动。他们相互瞧了一眼。萨拉看到他眼睛里河光闪闪。

“我不愿意走。”他说。

萨拉没有动。他又吻她。

“我不走了。”他又说了一遍。

他再一次吻她。他们走入了别墅。

女仆坐在台阶上等着。

“我回来晚了。”萨拉说。

“十点钟了，”女仆说，“您说过九点钟的，我没有时间去舞会了，真叫我没劲。”

“您天天晚上去，”萨拉说，“就这一次您去得晚了点。我现在迟到就因为我自己去了。”

“要是你们也去那里，”女仆说，“那我是去不成了。”

她早已准备定当，穿上了漆皮浅口高跟鞋，浓妆打扮，像个漂亮的小妓女。

“还是去吧，”萨拉说，“您都准备好了，不去就可惜了。”

“不是这个，”女仆说，态度温和下来了，“但是他到十一点钟就得回去了。”

“那您还有一个钟点，他肯定还在等您。”她又说：“还有男人，今晚舞会上您要多少有多少。”

“有这么说话的吗！”女仆说，“不是他我什么人都不要，您把我看成谁啦？”

她朝那人看去，要让他作为这次侮辱的见证人，但是那人朝着河在吸烟，没有转过身来。

“对不起，”萨拉说，“快上舞会去吧。”

“我现在是都准备好了，哪里是去睡的样子。那就再见啦，先生太太。”

她走了。那人转身朝向萨拉，向她微笑，好像有点儿拘束，然后他靠着墙就地坐下。萨拉说声失陪，走进别墅。里面跟白天一般热。她轻轻走进孩子的房间。女仆又一次忘记了开窗。她把窗开得很大，又回到孩子旁边，在阴影中凝视他。他睡得很稳，但是身上很热。她折好他卷在身上的床单，给他擦额头。然后她还瞧他，同时记着在游廊里等着她的那个人。孩子像一朵花那样轻轻呼吸，他的潮湿娇嫩的前额也像是鲜花。她像每天晚上那样对自己说——但是今晚不苦涩，很理性——她怎么也是最后一次到这个地方来了，这个地方对孩子那么有害。孩子在她拥抱他时突然转身嘟嘟囔囔朝向墙壁。她等了一秒钟。然后他停在转过身的地方不动了，他的呼吸声又重新在黑夜中升起，像神的气息令人安心。她走出卧室，回到厨房，拿了一瓶基安蒂葡萄酒和两只玻璃杯。然后她回到游廊。

“我去看了一下孩子，”她说，“她每天都忘记开窗，每天这样。”

“这很怪，”那人说，“我到这里的时候竟一点也没注意到您。”

萨拉在两只杯子里倒了一些酒，把基安蒂酒瓶放在窗台上，在他旁边坐下。

“我还是烦，”她说，“烦那个保姆，我可以什么都原谅，但是不原谅这不开窗的事。”

“我注意到，”那人说，“您对您孩子的爱，还曾叫我恼火呢。”

“每个人都是。”萨拉说。

“然后就是您跟这个保姆非常奇特的关系。”

“我应该另找一个。”萨拉说。

“但是您，不，我没注意到您。”

“这又怎么样？”萨拉说。

“我注意到吕迪，还有……雅克，”他说，“吉娜，迪亚娜。没有您。”

“您应该注意到的，”萨拉说，“既然我跟他们都在一起。”

“为什么？”

“就是您没注意到我，也应该问自己我为什么跟他们在一起。”

“我应该这样做的。”他又说：“我原本应该昨天走的。后来我看到您从公路上过来。昨天上午。我在前一天已经看见您了。就这么一回事。”

他喝酒，把杯子放在自己面前，突然搂抱她。自从他们面对着小路停下后，他们还没有吻过。

“总之，只要愿意抓住机会弥补就好了，”那人说，“每个人都用某种方式在弥补，不是吗？”

“是的。”萨拉说。

他让她躺在自己怀抱里，长时间瞧着她，还抚摸她的头发。

“您，我是一下子就注意到您了。”萨拉说。

时间过去了一点，但是已不够——他们两人都知道——让他们单独再待上好一会儿。

"但是你，你什么都注意到了。"那人说。

"是的，"萨拉说，"这使我很开心，为了你，为了我。"

他把她紧紧抱住，两个人一起翻倒在游廊的地砖上。

"你弥补得不差啊。"那人笑着说。

他朝河看去，仅在这时问道：

"开心什么？我很想知道。"

"没什么。"萨拉说。

"说吧。我很想知道。"

"但是我觉得每个人都这样。"萨拉说。

她成了他的欲望对象，感到很美好。她原本对于男人对她产生欲望总是感到很美好。这也可以说是萨拉的无辜，或者还可以说是萨拉的单纯。

河对岸在演奏《蓝月亮》，在他们待着的此岸是《巴黎小姐》。但是，由于当地地形、河流、山、这幢房子、深夜这个时刻、从平原吹来的风向的种种因素，传到他们耳边的音乐主要还是《蓝月亮》，而他们又没有听到。

那人离开已有一个小时，这时雅克从滚球场比赛回来。她跟他说晚安。他开灯，脱衣服。

“你还没有睡？”

“我热。”萨拉说。

她瞧着他脱衣服。她从那人走后想他，想他和想那人。当他脱衣服时，她还想到这件事。

“你的头发是湿的。”萨拉说。

“我跟迪亚娜在小海滩游泳。几时晚上你也应该去，棒极了。”

“其他人呢，他们没有要去吗？吕迪呢？”

“哦！吕迪。”

他点燃一支烟。在床上坐下。

“吕迪，他是要去的，”他又说，“但是吉娜她不愿意，因为他回来时会闹醒她。总是这些事。”

他伸直身子躺下，熄了灯。

“你呢，你做了什么？”

“没什么。大家一起喝了一杯酒。”他等待了一会儿。

“他走了？”

“是的。”

他握住她的手臂。

“你想欺骗我？”

“像你一样。”萨拉说。

他在黑暗中点烟，用另一只手拉她靠在自己身上。当他吸烟时，他的面孔照亮了，她看到他的侧面像炭火似的发红。

“你想欺骗我，为什么要跟我说这个话？”

“我不知道，”萨拉说，“我隔一阵子就想跟你说真话。”

她看到他微笑。

“对这样的事还是应该去习惯。”他说。

她没有回答。

“你很想欺骗我，是吗？”

“像你一样。”她还是那句话。

“你怎么知道我想欺骗你？”

“从你瞧女人的样子。然后我知道，对你对我都一样。”

他等待一分钟，这时他吸烟。

“你知道，”他说，“这个想法我受不了。”

“我受得了。”萨拉说。

他把烟放到烟灰缸里，又点燃，在亮光中瞧她。

“你相信吉娜，比如说，不想欺骗吕迪吗？”

“我相信是的。但是这谁又能知道呢。”

“为什么会有吉娜这样的女人？”

“我不知道。”萨拉说。“她们忘了去想吧。总之，大家可以这样相信……”

他没有回答。

“你可能受不了这个，”萨拉说，“受不了一个不去想这件事的女人。”

“是这么回事。”

他还瞧着她，抚摸她的头发。

“有了这个假期你不那么悲哀了，”他说，“哦，我希望如此。”

“你就是这样看出来的吗？”

“是的。看了你的小脸就知道。甚至你的声音。”

“对这个地方倒是真的习惯了，不是吗？”

他熄灯。过了一会儿。

“我很难习惯。”雅克说。“但是这里有吕迪和海，总好些。”

“这里或其他地方，”萨拉说，“总是要到个什么地方去度假的，不是吗？”

“那当然，”他说，“但是，”——他犹豫——“我不很喜欢这种看问题的方法。”

第三章

第二天，气温还是照样那么高。

夜里没有落过一滴雨。风也没刮得很大，山里的火也没怎么蔓延。萨拉又一次首先醒来，又一次将近十点钟。她发现孩子坐在前一天同样的地方，在游廊的台阶上，正凝视已受阳光猛照的花园。

“我看着壁虎爬过。”他说。

他光屁股坐在地砖上，只穿一件小衬衫，盯着葫芦看，他相信壁虎是从那里钻出来，爬到河边的芦苇丛里去的。她让他留在那里，自己进了厨房。女仆事前作了准备，前一晚烧好了咖啡。萨拉来不及去热，一口气把冷的喝了一大杯——黑夜跟酒一样令人口渴，然后她点起一支烟，回到游廊在台阶上坐下，在孩子旁边。

因为他们在度假，她也没什么事可干，除了等待吕迪或迪亚娜到来。

孩子眼睛远远瞧着葫芦，总是在窥视壁虎。

“你看见许多了吗？”

“一百万只，”——他又改正说——“至少两只。”

他向她转过身，但是思想在其他地方，对壁虎入了迷。

“爸爸呢？”

“还睡着。今天早晨你饿吗？”

“我在厨房偷了些面包，我要爸爸给我逮个壁虎。”

她俯下身子亲他。总是这种沾了阳光的味道。

“那你就是这样一个人应付吃早饭了？”

“我去找让娜，她说我烦，我就到食品柜拿了面包。”

“我最好给你来点儿牛奶，”萨拉在对自己

说，“但是这里牛奶到了早晨八点钟就酸了。我给你泡茶吧。你要茶吗？”

“好的，爸爸醒来后，我要他去给我逮个壁虎，我把它放在盒子里。”

她俯下身再亲他一下，吸着孩子头发上沾了阳光的香味，快要晕过去了。

“我对你的爱比大海还要大。”她说。

“比大洋呢？”

“比大洋还要大，比存在的一切都要大。”

“不存在的一切呢？”

“也比不存在的一切都要大。”

“我也是，”孩子心不在焉地说，“我要的是一只红壁虎，爸爸说有的。”

“这是有的。”

她试图抱住他，但是他挣扎，一心在想壁虎。她抱他放下地，他立即又进行他那不知疲倦的窥视。

她回到厨房，又喝了一点咖啡，泡茶。女仆起身了。她一边打哈欠一边伸着懒腰过来。她大约很迟才睡的。前一天的脂粉还留着，在鬈曲无光的头发下是一张饮酒作乐、肮脏的面孔。天气那么热，真是很少有人花力气相互说声好。女仆也不声不响给自己倒上一杯冷咖啡，像个梦游者那样朝浴室走去。雅克在她以后马上起来了。他朝萨拉走来，拥抱她，不说一句话，也立刻喝上一杯冷咖啡。接着，立刻像萨拉做的那样，走去坐在游廊的台阶上。她听到他声音疲劳地说红壁虎的存在。后来茶泡好了，她给孩子带了一杯来。

“夜里真难受，”雅克说，“但是喝了咖啡好一些了。”

“应该，应该下雨了吧。”

孩子把茶一口吞下，嚷着还要。孩子和树木都快渴死了。

“我在游廊里睡了两小时，”雅克说，“床是烫的。我是完全热昏了。”

“大家都是，除了吕迪。”萨拉说。

她走来在他旁边的台阶上坐下。

“一只红壁虎，爸爸。”

“不可能。”雅克说。

他走入厨房，把一只罐子装满冷水，回到花园在葫芦旁边冲凉。

“让这些可怜的笨葫芦也趁机冲一冲。”他说。

她也走入厨房，把一只罐子装满水，然后给孩子冲了好一阵子，这次是在百日草旁边。在栅栏的另一边，渔夫笑着观察他们。孩子闭着眼睛在水下笑。她走去又找来了三罐水，还是给他冲，长久地，慢慢地。

“幸而井里还有水。”渔夫说。

“幸而如此。”

她让孩子光着身子在花园里跑，不去给他擦身子，让他身上多保持一会儿冲浴的凉意。

女仆从房里走到台阶，穿着整齐，上了妆，手里拿一块抹布。

“你们吃什么，”她说，“我热死了。”

“大家都热死了。”雅克说。

轮到萨拉冲凉了，像雅克在葫芦旁边。然后浴室空了出来，她梳妆，穿衣，总是慢吞吞的。显然天气热也不至于要那么慢。

一小时就这样过去了。

雅克坐在游廊的台阶上吸烟，眼睛看着河。他跟孩子不玩也不说话。这几天夜里太热了。睡觉反使人累。早晨沉重空闲，就是让人慢慢走出这样的黑夜。萨拉终于走来坐在他的旁边。洗海水浴的时间快要到了。这是一天中激昂慷慨的时刻，必须选择上海边去还是不去。

“这样好点了，”萨拉说。“你呢？”

“还好，”—— 他瞧她—— “你，确实气色好点了。”

“这样好点了。全世界都热。”

“可能。”雅克说。“但是你看，现在我相信是我开始对这个地方烦了。”

他拿起一支烟，点燃，语调自然地说：

“那么？告诉我吗？你们跟那个人聊了些什么？”

“就是随便聊聊。”

“但是聊什么呢？”

“就像平时闲谈那样，随便聊聊。”

“我知道了。”他说。

“这就怪了，”她说，“我怎么没想到要问你，跟迪亚娜你们说了些什么。”

“跟迪亚娜，那不一样。”他说。他略带犹豫地又说：“还有迪亚娜，你知道，是我介绍给你的。”

“我知道。”萨拉说。

雅克突然伸懒腰。

“我真想旅行，旅行，”他说，“离开。”

“你什么时候把她介绍给我的呢？”萨拉问。

“那不重要。”雅克惊讶地说。

“我说我知道，但是没那么清楚。”

“我也不知道了……两年了吧。这又怎么啦？”

“没什么。我不再很想离开这里了。”

“我想离开，”雅克说，“旅行。我热死了。

两年不工作，就是旅行。”

“住在酒店里，这大概很有趣，”萨拉说，“迪亚娜倒是常在酒店里过日子。”

“是的。我相信这对她比对任何人都必不可少。”

“毫无疑问。我也愿意有时候这样做。比如说这时候。为什么这对她比对任何人都必不可少呢？”

“怎么说呢？可能是她比任何人都厌恶住在一个地方生活。”

“她很幸运，”萨拉说，“她很聪敏。”

“这有什么关系？”

“没什么。这是我自己的一个想法。她是你认识的最聪敏的女人。”

“我相信是的。但是这不说明什么。”

“可惜。”萨拉说。

“可惜什么？”

“你把她介绍给了我。”

“为什么？”

"因为我对聪敏是没什么用的。"

"自说自话。"雅克说。"好在我也一点不在乎。"

"你总是这样说。然而,你看,我愈来愈相信我对聪敏是没什么用的。"

"这不是真的。"雅克说。"这是最坏的自说自话。"

"要是你肯定,"萨拉说,"那么我应该相信你才是。"

"你真能叫我恼火。"雅克说。

他站起身,走进厨房,又喝了一碗冷咖啡,回来。

"我相信我还是会去旅行的。"他说。

他瞧萨拉,萨拉瞧着河。孩子在阳光下玩。

"在旅行时我可以摆脱一切。"

"是的。"萨拉说。"在酒店里你可以摆脱一切人。"

"是的。"

他又在她旁边的台阶上坐下。

“那个人他怎么样？”

“我不了解他，”萨拉说。“他说话不多。”

“这跟说话多的人不一样吗？”

“有点儿不一样。”

“我不知为什么，这个人我对他没有太大好感。”

萨拉没有回答。

“我不相信那些终日抱着戒心的人。他有一种贵族式的保留态度，这点我不喜欢。”

“你总是需要过上一段时间才对人家有好感。”

“肯定是这样。”雅克说。

“但是你看着吧，你会对他有好感的。”

“你相信？”

“你看着吧。”

他们把话刹住，因为迪亚娜在开花园的门。平时她要来也总是在吕迪以后才来。她骑自行车来的。

“我要死啦，”她说，“我要来点儿凉水。我骑了吕迪的车子为了走得更快些。”

女仆递给她一玻璃杯水。她一口喝尽。然后她坐在台阶上。

“除了这个其他还可以。”她说。

“你的裙子很漂亮。”雅克说。

“一条旧裙子，”迪亚娜说——她瞧萨拉，“去游泳？”

“怎么不去啊，”雅克说，“我去找游泳衣。”

他消失在屋子里。孩子开始在葫芦的阴影下玩耍，在萨拉和迪亚娜旁边，也就是在雅克冲凉的地方。

“泥土很好玩的。”迪亚娜鼓励他。

孩子身上已经全是泥，但是对于孩子来说什么也比太阳好。太阳令人害怕。

“我们吵架了。”萨拉说。

“我看出来了。”迪亚娜说。她又说：“为什么吵？”

“没大不了的事。”萨拉说。她做了个模糊的手势。

迪亚娜向她俯下身，同时不停地瞧着她。

“真的没什么大不了吗？”

“真的。”

“昨晚你很早就回来了。”迪亚娜用交谈的口气说。

“我跟那个人一起喝了一杯。”

“今天早晨我在酒店看见他了。他很客气。”

“跟其他人不大一样。”

“是的，不一样。”迪亚娜说。

女仆出现了，梳好头，洗过澡。

“那么，”她说，“今天怎么过？”

她们开始笑了。

“我不知道。”萨拉说。

“那么，不会是我跟您说怎么过吧。”女仆乐呵呵地说。

“我们想想。”迪亚娜说。

雅克带了游泳袋来了。

“去吧？”

“吕迪来的，”迪亚娜说，“我们等一等他。

他跟我同时过来的。”

“总是要大家等来等去。”雅克说。“那就等吧。”

大家都静静地坐在台阶上，吸着烟，然后吕迪跨过栏杆出现了。他像条鱼那么新鲜。

“这天气多好。”他说。

“你拿我们开玩笑吧。”雅克说。

“哦！没有，”吕迪说，“就是热得这样才叫好呢，一路上我听到自己的血在沸腾，我真的听到的。你们要赶快，那边那个人要一直开到白头山去，这样的阳光就是该上那儿去。他的船上搭四个人，居里奥的船上搭六个人。去不去？”

“去不去？”迪亚娜说。

萨拉点头同意。雅克犹豫：

“我在这里静静看书也挺好。”他说。

“书没法看，”萨拉说，“这个你也知道。”

女仆又一次出现了。

“可能我叫你们烦，”她说，“但是你们今天做什么？”

“我们坐船去兜风，”吕迪说，“孩子不能带去，今天不，白头山的阳光太热，对孩子不好。”

“那么，您给他吃，”萨拉说，“一片火腿和一只西葫芦。”

“火腿，这怎么说？”

“Prosciuto.”吕迪说。“熟火腿，Prosciuto cotto。”

“你们想这样拗口的话我记得住吗。”女仆说。

“拿张纸来，然后再问要什么。”萨拉说。

“我在想你们大家今天早晨要什么。”女仆说。

她拿来了纸。吕迪写。

“孩子呢，您现在让他做什么？”

“您把他带到海滩去，您看着他。”萨拉说。

“我把话说在前头，”女仆说，“他要是往水里跑，我可不逮他，我就是怕水，我自个儿也没法对付。”

吕迪站起身，盯着她看。

“您这人真特别，”他说，“我可从来没见过您这样的人。”

女仆像受到了恭维，向吕迪一笑。

“妈的，”迪亚娜说，“让她乘了火车走人还清静些。”

女仆不笑了，愣看着迪亚娜。

“听着，”雅克说，“您领了他去海边。他要是淹死了，我回来把您也淹死。您明白了吗？”

大家都哈哈大笑。包括那个女仆，她朝孩子走去。

“那么，你来不来？”她说——孩子听话了——“过来穿衣服，咱们走。”

“我们，也该走了，”吕迪说，“因为吉娜她要在中饭前先去看看那两位老人。”

“啊！是的，还有他们呢。”迪亚娜说。

“我不知道我是不是去，”雅克说，“我还是相信我要看书。”

“悬崖可漂亮呢，”吕迪说，“一起去吧，你想象不出这是多么美。白的，这种白我肯定你一辈子也没见过。”

“一起去吧。”萨拉说。

吕迪与迪亚娜走了。雅克取了他的游泳衣，他们立即在吕迪与迪亚娜之后走了。

“那么，你要我去？”雅克说。

“是的。”

“对我也是这样，当你不在的时候，这叫我心里烦。”

他们相互看了一眼，开始笑了。

“你要在那里做什么？”她说。

吕迪和迪亚娜在房子的入口处等着他们。阳光不猛，一层浓雾遮住天空。河反射出铁的亮光。早晨从不起风。林火蔓延不多，但是空气中已嗅到火的气味。吕迪和雅克走在前面。

“她会打他的，”萨拉说，“她会让他淹死的。”

“早晨人人都在海滩上，”迪亚娜说，“不会有什么风险。”

“我应该养成少想的习惯。”

“我不知道为什么，”迪亚娜说，指着雅克，“我有时候觉得我对你比对他好。”

“不，”萨拉说，“这不是真的。”

“你不可能知道。”迪亚娜说。

太阳又从厚厚的雾层中钻了出来。一时日光闪烁。

“我知道，”萨拉说，“即使当你跟他吵架时，即使为了我吵，我还是知道的。”

迪亚娜没有回答。她停下脚步。

“哦！我多么想天下雨。”她说。

“会下雨的，过来吧。”萨拉说。

雅克和吕迪都已经转过身来了。

“热死啦。”萨拉对他们说。

雅克对迪亚娜盯着多看了一会，然后他们继续走路。

“你看着吧，”萨拉说，“当谁都不在想的那天雨就下来了。”

“人总是要想这个想那个的，我不再那么年轻了，我遇到过许多男人。”

“我知道，”萨拉说，“但你总是对别人的故事感兴趣。”

“哦！别人的故事，我才烦呢。”迪亚娜说。

“但是可能你有一个故事像大家一样，”萨拉说，“其他的故事里只有你了，不多不少的你。”

“这不好，单独一个人是很难有故事的。比如你，不管你说什么，都要归纳到你跟雅克的故事，这是没法儿的事。”

“故事，可不是这样的，”萨拉说，“每次一个故事。”

“你这人太深沉了，不会像大家那样过上一夜的。”迪亚娜说。

“我就会像大家一样过上一夜。”萨拉说。

“你肯定？”

“肯定。”萨拉说。

他们走到了码头。雅克和吕迪等着。

“假如天继续不下雨，”迪亚娜平静地说，“大家肯定热死为止。”

“不会，”吕迪说，“大家相信这个，但是不会的。”

“虽是这么说，”雅克说，“这也可算是一项纪录了。”

“全欧洲都差不多，”吕迪说，“巴黎四十三度，摩德纳四十六度，柏林跟巴黎一样四十三度。”

“这不是理由啊。”萨拉说。

“你总是倾向于，”雅克微笑着说——他又恢复了好脾气——“把天热看成是个人的宿命。”

“我也开始这样了，”迪亚娜说，“这大约是女性观点。”

“天这么热，可是像革命那么壮丽。”吕迪说。

“其他人从那里过来了。”萨拉说。

其他人确是从酒店那里过来了。他们高叫他们准备好了，争先恐后往船上爬。雅克宁可不要登上那人的船。迪亚娜和萨拉登了上去，后面跟着吕迪与吉娜。另一艘船是机动船，由村里的一个青年驾驶。里面载了酒店的其他八位客人。那人跟迪亚娜和吉娜打过招呼后再向萨拉打招呼。迪亚娜瞧他，但是没有发现那人的目光里有什么异样。他在船头的发动机附近坐下。吕迪走到他旁边。迪亚娜躺在船的角落里，萨拉和吉娜坐在船尾。每个人上船以前都穿上了游泳衣。吉娜把东西都理在一块橡胶布上，他们在河上出发了。另一艘船走在他们前面，但是他们很快追上了。那人开得很快。甚至一开头就这样，为了吹到风。吕迪在笑。迪亚娜快活得大叫，吉娜她闭上眼睛，尽量让风吹。萨拉直着身子躺在吉娜旁边，顺着风的方向，两只脚钩在船的侧板上。村子在阳光下死气沉沉地移动。有几个孩子在河岸上看到船开过发出欢叫声。有几个兴奋得跳进了河里。吕迪又叫又笑，呼唤他们的名字。他们很快就到了海面上。萨拉看到雅克站在机动船的船头，神情发窘，带着微笑看着他们。然后到了防波堤。那人接近大堤时，来一个完美的大圆圈绕了过去，几乎没有放慢速度。吉娜跌在迪亚娜身上，她开始对着那人嚷，仿佛她认识他很久了。船然后在小海滩前开过。萨拉集中眼力看，没有看到孩子，也没有看到女仆。她也就忘了。小海滩后面就出现了悬崖。悬崖很矮，但是随后愈来愈高直至白头山。那里的悬崖上还覆盖着无花果树和野草莓树，隔一段还有一棵松树或矮紫杉，几乎都被风吹光了叶子。在这个地方，沿着悬崖总是有一条非常长的涌浪，船开得慢慢的。那人操纵发动机，同时用一根绳子掌握船桨。他总是跟悬崖保持相同距离，直至海滩后的第一个小海湾。一到那里，他就向吕迪大叫：

“我们要靠近开过去看看海底。”

他渐渐降低速度，斜着靠近悬崖，现在悬崖约一百公尺高，比刚才更加光秃。他到了离崖石地基约十米的地方。每个人都转身看海底。只有在船身投出阴影的地方才看得见，大家只能轮着看。萨拉在吕迪以后看。海底好像很近。它像月光那么发亮，间而有白日的青色条纹穿过。那人叫吕迪试着掌握游艇的方向盘，这并不很难，他自己则去操纵船舵。吕迪抓住方向盘，有点怕。那人到了船后，接近萨拉。他打开放潜水镜的箱子，朝萨拉俯下身去。吕迪驾驶着，朝向船头，对自己的责任提心吊胆。吉娜和迪亚娜俯着身子看海底。你好，那人说。萨拉没有回答。他从箱子里慢慢取出潜水镜，用头擦了一下萨拉悬空的脚，吻了它一下。没有人看见，没有人能够看见。他回到船头，从吕迪手里接过方向盘。他要把潜水镜给吉娜。但是吉娜大叫，她不敢离悬崖那么近跳进海里，害怕涌浪推着使她回不到船上。那人也不坚持。他加快速度，解释说由于这里危险他不得不加速。总是在喊叫着说话，离悬崖近，声音奇怪地发出回响。他们正在绕过海角，涌浪变得又深又强，船也是勉力在水面上滑过，左右打弯像一只昆虫，总是被挟向海岸。稍不留意，他就会冲撞在悬崖上。终于来到了一个小海湾，更为平静，岩石上长着开花的瓜叶菊和野草莓树。海湾的一边石壁在海面上投出一团大影子。那人决定穿过影子，沿着曲折的悬崖开。

一进入那团影子，海底宛然可见。萨拉大叫。那人转过身，微笑，但是不走出海湾的阴影。他说让大家继续看。这是世界的反面。宁静发光的黑夜托着你，里面满是海藻，冰封似的不出一点声音。鱼游来游去，在水层中划出一条条抓不住的缝隙。一眼望去，生命表面上是停止的。那时出现了赤裸的空的深渊。一条蓝色影子升起，非常悦目，这是一个纯的、深不可测的沟壑，这犹如看到死亡，更能证明生命是存在的。但是迪亚娜大叫一定要离开这里。

“您不知道吗，”迪亚娜说，“我们不是些能够忍受海底的人？”

“没有人能够忍受。”那人说。

他也笑着看萨拉，盯着看，从开船后还没这样做过，仿佛是他突然来了勇气要正视这些东西了。

他离开悬崖，走出海湾的阴影。正当要上大海之际，迎面遇上一艘装石头的木筏，往河的堤岸驶去。木筏开得那么慢，像静止似的，几名工人在石块上坐着或躺着，在这座漂流的小岛上要永久休息下去了。大家高叫着打招呼，还说些关于海和天热的话。然后他们超越木筏。那人离悬崖又远了一点，约离一百米左右，突然加速朝白头山笔直驶去。那艘机动船这时差不多把他们赶上了。萨拉还可以看到雅克赤裸着身子，站在呼哧呼哧开的船只的头上。他向她微笑，像一个可怜的渔夫向命运微笑。她笑，向他笑，向他做手势。他向她作出回答。那人还是加快速度，他们又把机动船抛在后面了。才十分钟他们就到了。白头山的悬崖比海湾边上的悬崖略高。它是白色大理石形成的，连根草也没有，真是一毛不生。有一部分已经落入海里，露出水面的那段石头特别耀眼。海滩恰好处在落石引起的坑里。海滩上不是沙，而是卵形大理石，看了也耀眼。光的反射那么强烈，对着悬崖瞧，谁都受不了。吕迪和那人跳到水里，把船拖到海滩上。迪亚娜、萨拉和吉娜也跳下船减轻他们的工作。她们立刻往下站。船一停，气温又变得极高，大家都毫不等待就钻到海水里。迪亚娜和萨拉跟在船后一直游到浅滩。桃花心木船身的影子使船壳下的卵形大理石颜色发红。船一系好，那人、吕迪和后面的吉娜，都奋力往海面上游去。迪亚娜待在萨拉旁边，躺在海水里。这里没有了海藻，但是有卵石会伤脚。水又纯又刺激，像烈酒。机动船到了，大家抬着它放到汽艇旁边。吕迪与那人回来帮忙。然后雅克也钻入水里，也向海面上游去，回来躺在萨拉和迪亚娜旁边。她们对他说他们的船紧贴悬崖，她们看到了海底，美得出奇。立刻雅克站起身子，对那人大喊把潜水镜借给他。那人指给他看眼镜在船的什么地方，雅克立刻去找。那里有两副。他把两副都拿了来，对着人群说谁愿意跟他去。迪亚娜不去，说她舒服得人都酥了。吉娜接受去。

“我跟你一起去，年轻人。”吉娜说。

全体人都在海里了，只是分散在四处。雅克和吉娜并排游开去，动作一致。

“这她喜欢，她喜欢海。”迪亚娜说。“她到了海里就像少女。”

“你不游吗？”

“今天不想，但我还是会去的。吉娜可以天天游，没有游够的日子。我不是这样。”

“对我根本不存在这个问题，”萨拉说，“我很遗憾。”

“昨天晚上你做什么啦？”

“你说你对别人的故事很烦，你又每次要问。”

“我并不是那么想知道，我还是愿意你对我说出来。”

“那么你做了什么啦？”

“我跟雅克一起游泳。我想游，他陪我。你本来就知道的。”

“我知道的事不多，”萨拉说，“他对我说过倒是真的。”

“懒得说，这叫我厌恶……”

“我跟你说，”萨拉说，“我什么都没问他，是他对我说他和你在小海滩那边游泳了。”

"是我要求他陪我去游的。很早就结束了。"

"这个他也对我说了。"

"你看，萨拉，"迪亚娜温柔地说，"我早就知道这事早晚有一天会发生在你身上。"

"我什么都不知道。"萨拉说。

迪亚娜游出去了。她游得很好。萨拉心里在想她也应该游一游。她朝着别人试划了两三下，但是海底很快深了起来，她害怕了，不再尝试。她回到原来的地方。她单独在这个地方，离海滩那么近。迪亚娜一离开，那人就安静地朝她过来。他也躺在海水里，在她旁边。雅克在远处。他在瞧海底。

"跟着我到那块岩石那边去。"那人说。

那块岩石约在十二米开外，还算大而平。

"我踩不着地就害怕。"萨拉说。

"这里踩得着，"那人说，"我走在你旁边，你看踩得着，游吧。"

"为什么不待在这里呢？"

"我不知道，为了看你游泳，为了跟你做些

什么。”

她跟着他，用心游得好。他边笑边瞧着她游。随着她往前游时，他渐渐深入到海里。

“瞧着我，”他说，“不要急。你正在靠近那块石头。”

当他们到达时，他的头身首异处似的露出水面，跟她的头靠得很近，很近。岩石的侧面很光滑，就像一座小平台。他帮她把身子撑到了上面。她直挺挺躺下，游得太多，累了。他坐到她的身边，脚浸在水里。

“你好。”他说。

“我心跳得厉害，”她说，向他微笑，“你好。”

他们瞧着远处。迪亚娜和吕迪已经汇集一起。在他们左边是酒店的大部队客人，在这群人与吕迪之间是雅克和吉娜，像两个溺死的人躺在海面上，一动不动，面孔朝向世界的另一边。

“我很喜欢想到，”萨拉说，“跟你睡过觉了。”

他向她俯下身。

“我要你。我愿意在这里马上要。”

她向他微笑，但是他没有微笑。

“我要一支烟。”她说。

“我可能爱上你了。”他望着远处静悄悄的地平线。

“这又怎么样呢？”萨拉笑着说。

他们有一秒钟时间没说话。

“你要一支烟，”他说，“我可以给你去找，我会边吸边游。你要吗？”

“太麻烦了。”

“我很高兴给你去找支烟来。”

“那我就要。但是先在我身上泼些水，这个太阳我再也忍受不了了。”

他合着双手取水向她身上洒。她惊叫一声，因为在对比下，水像冰一样冷。地平线始终静悄悄。

“我多么想要你。”他又说。

“去给我找支烟来。”

他钻入水。她瞧着他在海水下潜泳了几米，靠潜泳均匀地吸气，像个非人性的怪物。然后岩石遮住他看不见了。他很快就回来，头伸出水面，嘴含一支烟。

“拿着。”他说。

她轻轻地从他的嘴里取过来。他回来坐在她身边，全身滴水。

“我应该再跟你睡觉。”他说。

“我看这件事还是不要开始谈。”

“我要再跟你睡觉。我要。”

“我热。再给我泼些水。”

他像刚才那样给她洒水，这次抚摩了她一下，很快，像做贼似的。但是地平线始终发蓝，静悄悄。

“但是你怎么叫我那么喜欢。”他说。

“这我不知道。”她笑了起来。

“我也不知道。”他说。

她瞧着他，没有回答。他不再坚持。

“你对迪亚娜说了？”

她表示不。

“说了，”他说，“我肯定，不是吗？跟迪亚娜也会不说？”

“迪亚娜心里很烦，就是对这样的事……”

雅克和吉娜此刻正在向他们俯游过来。

“你必须离得远一点。”萨拉说。

“今晚我见你。”他说。

“不，今晚他们要偷了你的船去兜风。”

他瞧着她，满脸狐疑，然后笑了起来。

“真的偷去吗？”

“不。跟你耍耍。只是兜一次风。”

“我想也是。”他思索。“但是你们不会开。”

他显然想到他的船，只有这个占去他的心思几分钟。

“但是我可以把你们开过去，完了又带回来，不行吗？”

“大家脑子里想的是把你的船偷走，做是做不到的。你知道这就是假期里会有的念头。”

“哦！那去偷吧。”他说。

“我们大家都觉得你太爱护这艘船了。”

突然他抓住她的脚，握得紧紧的。

“就是为了这件事你昨晚才请我……上你家的吗？”

她开始笑了。

“就算这样，”他说，眼睛看着别处，“我也无所谓。”

她不回答。他猛地松手放开她的脚。

“你也是，”他说，“你要我，我也无所谓。”

“你的船夜里停在哪儿？”

“在岛上，吕迪的别墅附近。”

“为什么这样藏起来？”

“我不知道，也要要你们大家吧。”

“你现在去吧。”她说。

游泳又持续了半个小时。萨拉回到海滩上。雅克教她仰泳试试。然后她还是回到海滩上。然后其他人也朝着海滩回来。然后又是每人轮着成群结队回到水里去。然后吉娜呼唤大家，因为回去的时候到了。回去途中很安静。萨拉登上机动船，雅克向她描述他在海底见到的奇景，他对她说他多么喜欢跟她一起看见，他总是遗憾她做了害怕的牺牲品，比如她害怕海，这些害怕都是很荒谬的。他要求她努力去克服。她答应他这样做。他们在船头躺下，回去的途中都是一起在说东道西，这些事跟他们的生活都无直接关系。

当他们抵达时，已过了十二点。吉娜回家去取番茄包菜，她答应要送到山上去的。孩子已随着女仆回别墅去了。他们都朝着白房子往上走，包括那人。每天当他们必须爬上这条小路去看两位老人时，心里陡然生出同样的勇气：他们还有这个共同点，哪一次去都没有一个人认为上去是没有用的。风还没有吹起来，森林散发出火的气味。遮住天空的云雾已经散开，太阳在苍穹下闪光，透亮孤独。这样的阳光使林火也看不见了。但是在它的高处，乌黑的浓烟从密松林里一阵阵往外涌，东面一座带城墙的小村子在烟雾中颤动。萨拉走在那人和迪亚娜后面。吕迪捧着番茄包菜，嘴里嘟嘟囔囔走在雅克旁边。吉娜走在大家前面，单独开道。大家可以认为，也总是这样觉得，气温又升高了，这个时刻气温达到顶点。

“我相信还会更热，”雅克说，“可能是这个火的气味。但是早晨这场海水澡真是棒。”

“来这里后最棒的一次。”迪亚娜说。

“你看到大理石上的阳光吧？”吕迪说。“这几乎是希腊的阳光。真叫人陶醉。不，天热是不应该埋怨的。”

“谁埋怨啦？”萨拉问。

“应该理解热，”吕迪说，“让它热，听它热。然后你会爱上热的。”

他朝那人转过身。

“您去过许多地方吧？”

“不少。”

“哪儿都没有这样的太阳，对不对？”

“对，哪儿都没有。”

“没那么白，没那么干燥，是不是？”

“是的，”那人说，“还有我也说不上，没有这同样的气味。”他又说：“还有，没这样叫人幸福。”

雅克转身，瞧那人。

“我懂了。”吕迪隔了一会儿说。

“我见过的地方，”萨拉说，“太阳也不一样，那是一个灰色的太阳，都是雨，天空总是沉甸甸的。”

“有那么多个太阳，”雅克打趣着说，“有那么多个不同的太阳。”

杂货商在那里。他在说话。两位老人专心地在听他说话。他们点头同意他说的。他们三人都沿墙而坐，在肥皂箱的前面；墙与小路是平行的。墙上布满了涂鸦、交织的名字、政治标语。最近日期的一句是写给避暑旅客看的：“别多说，别忘了省里五万个失业者。”但是杂货商在说他自己的生活。那两名海关员在另一堵墙的阴影里，张着嘴巴睡觉，枪斜挎在胸前，烦得撑不住了。

“后来两家人家达成了协议，”杂货商说，“婚事就给办了。我就离开兵工厂的工作。我们立即买下了那家杂货店。她喜欢杂货店，卖东西。但是我不喜欢，我爱她，那么这就不重要了，而她，可怜的女人。”

“你们好，”吉娜说，“这里是番茄包菜，素的。天这么热，我觉得包素的好。”

“她应该也很爱你啰。”吕迪说。

“不，”杂货商说，“二十年里，她没有一个小时不把心思放在杂货店上。起初，因为我们待的地方离海很近，我时时刻刻想开了小船去溜一圈。她立刻认为这是发疯。我坚持了两年。两年后我就不再问她了。”

他们都在那堵大墙头的阴影中坐下。老妇挪动了一点。萨拉在那人和吕迪之间。雅克在对面小墙头的阴影中。

“现在，”那人说，“您不再对海上兜风感兴趣了吗？”

“不感兴趣了，”杂货商说，“随着她我失去了生活的乐趣。现在我就是苦度日子。”

“哦！不会，”吕迪说，“你说的不是真话。”

“是的，”杂货商说，“二十年跟着一个一变不变的老婆，哪能说没了就没了。我一垮也垮到底了。”

“你们看我还是应该包肉馅的，”吉娜说，“但是我没有找到合适的肉。”

“过了五年，她不再叫我名字，她叫我……别的。村里许多人，尤其是孩子，来店里的都像她那样叫我。但是最后都这样，就没好说的了。奇怪的是我从没给谁脸上捅一拳头。我要是愿意是会给村里每个人脸捅上一拳头的，我从没这样做过。”

“要我是会做的。”老汉说。

老妇发出一声呻吟表示同意。她全神贯注听杂货商在说，一时也忘了自己的故事。这天她毫无睡意。

“还有奇怪的是，”杂货商继续说，“真正奇怪的，是我从来没有想到我能够跟这个女人分手。连想都没想过。”

四周静了一会。大家面面相觑。那人从口袋里取出一包烟，轮着分送。只有萨拉取了一支。雅克瞧了那人一分钟，神情困惑。自从他对太阳发表感想以后，他时不时望他一眼。

“那么您从来没有在谁的脸上捅过拳头？”迪亚娜说。

“我是个有原则的人，”杂货商说，“一直这样，现在还是，我只是愿意用自己的力量来做好事，不是别的。总之，我等待什么时候有了做大好事的机会就会用上我的力量。机会一直没来过。要为我一个人来用那我感到没意思。”

“嗨！”吕迪微笑着说，“你爱怎么说就怎么说吧，但是老板，你这个人身子细得像根火柴棒似的。”

他很文雅地笑了。杂货商也笑了，但是很悲哀。

“你要说上你自己的事，”吕迪继续说，“那就都说出来才是。你以前可能很强壮，至于要说给村里每个人脸上捅一拳头……”

“柔道，”杂货商说，“学了干吗的？从兵工厂出来，我是全区柔道冠军。我要对你说说这个，有些人学这门新运动，而我是最棒的。跟这里这些傻蛋，我可以把整个村子都灭了。”

他用手直卡自己的咽喉，柔道的一个招式。

“可是说起来，”吕迪说，“你这人是真正愈活愈小了。”

“我，”雅克说，“我相信他。”

“即使是他，”吉娜说，“他也这样相信吗？主要不是这个吧？”

“这是真的。”杂货商说。“我身怀柔道二十年。我空自容忍了不少事情，但是我不愿意使出来，有我这样的绝技要深藏不露。我对自己说做大好事的时机会来的，别着急，使用的时机会来的。它就是不来。就是这么回事。”

“原谅我说一句，”迪亚娜说，“要是您对她用上一点点您的柔道，我不相信这会是一件坏事，说到这里您明白我的意思吧。”

“不，”杂货商说，“这对我没好处。很快她使我成为一个谁都不再喜欢的男人，哪个女人都不会爱的男人，她不会，别人也不会。”

“这是你自己胡思乱想。”吕迪说。

“不，”杂货商说，“一个没有自尊的男人，像她，对爱情……没有兴趣。”他又说，神情沮丧：“她对我很忠诚，就像条狗那样，二十年从来没一点不忠诚。”

“在婚姻中，”吕迪悲哀地说，“真的会失去女性味道。”他瞧吉娜，她开始不耐烦了。

“有时候，”雅克说，“保持女性味道的还是有的。不应该一概而论。”

“那么，”吉娜说，“神父他来过了吗？”

“他来过了，今晚他再来，”老汉说，但是他瞧着他的妻子，“我相信就要有个说法的，已经四天了。海关长也来过了。”

老妇低下眼睛，叹口气。一会儿时间过去了。

“我相信，”杂货商终于说，“我相信我这人有点变坏了。”

“哦不！”迪亚娜叫了起来。

“是的，”杂货商说，“柔道从来没有用上……”

“为什么是海关长而不是别人？”雅克说。他瞧那人，向他勉强微笑。

“太想找到做大好事的机会了，”杂货商说，“现在，要是我能够，我肯定没有也会去制造一个。”

他给自己斟上一杯葡萄酒。早晨他大概喝了不少了。他要雅克也喝上一杯，雅克接受了。

“做大好事的机会，”吕迪低声说，“要么这个要么别的……”

“那么，你们要走了？”吉娜对老妇说。

“我们来了有四天了。”老妇说。

“人人都在等待做大好事的机会，”雅克说，“没有人有过机会用上他的柔道。”他是对吕迪说。“不必要垂头丧气，哪个不这样。”

“虽是这么说。”吕迪说。

“不，”萨拉说，“不是人人都在专门等待这个机会的。”

“您应该迁到城里去，”迪亚娜说，“老板。”

“太晚了。现在我在城里能干什么？给汽车

压死吗？”

“是啊，”吕迪说，“有一天早晨醒来，然后发现太晚了，我相信这类事。以前我不相信，我觉得这类事很幼稚……”

“大家相信这类事的时候，”吉娜说，“那还在等什么呢？”

“太晚了。”杂货商说。“城市要怀着爱情去的，怀着爱情的爱情。啊！以前我很爱城市，爱得发疯。很长一段时期我总是做彩色的梦，梦里有那些想象的城市，我在里面自由自在、随心所欲开车转。但光有梦是不够的，我这人有点儿变坏了。”

“这很奇怪，”迪亚娜说，“我相信当我们开始愿意到荒僻的地方去度假时，我们不做这些有想象城市的彩色梦。这是一种想法，你们觉得怎样？”

“现在有火车，”吉娜说，“有船，有汽车，谁要谁都可以离开地球上这些荒僻的地方。”

吕迪听了一怔，然后他向迪亚娜微笑。

“结婚……”他勉力说。他没有往下说。

杂货商又喝了一杯葡萄酒。他被自己这番话说得又陶醉又悲哀。

“在城里，”雅克问，“在这些想象中的彩色城市里，您看见自己遇到做大好事的机会了吗？”

“是的。”杂货商说。“在我的梦里，黑夜，有时甚至白天，在这个痛苦的柜台后面。特别是在她做账的时候。我看到自己在保护一个妇女，某一个妇女，总是同一个，她是我十五岁那年有一次在电影院里看见的女人，夏天中午在一条满是阳光的街头上她遭到几个歹徒的攻击。他们使用很不正当的方法攻击她，我也从来没有弄清楚过。我挺身而出，把他们都干掉了，她和我就到了城里。我老了，那个女人在我的梦里从来不老。为什么特别是在她做账的时候我看得她最清楚呢？道理我说不出来。但是我以后会考虑的。我下决心今后要关心自己的生活。”

“十二点半了。”吉娜说。“我不知道我们几点钟去吃中饭。”

“哦！说多了，是到吃中饭的时间了。”吕迪说。

“我要是那时候见到您，”迪亚娜说，“我会跟着您到您愿意去的城里去。”

杂货商突然抬起头，第一次笑了。

“哦！太太。”他说。

大家都向迪亚娜微笑。她有点儿脸红了。

“真的，”雅克说，“她可能跟着您进城里去了。”

“但是她不会。”吕迪说，指着吉娜。

“她也会，”雅克说，指着萨拉，“她肯定会跟着您去的。您看，还是有人会跟着您去的……”

“我也是，”那人说，“我相信她们会跟着您去的。”

他拿起肥皂箱上的玻璃杯，倒上葡萄酒，喝下。

“这个您也知道？”雅克问他。

“什么？她们会跟他去？”

“是的。”

“这类事情不难知道。”那人和气地说。

“这是真的，”吕迪说，“女人的事很快就知道。我们也会很快知道哪些女人不会跟他去。”

“这是真的。”雅克说。

每个人都不说话了。杂货商在茫茫然微笑。

“我心想你为什么咬着我不放，”吉娜说，“甚至于……甚至于我做女人的方式，甚至于这个……也叫你不高兴。”

“嗨！不是所有的生活大家都是可以一起过的，”吕迪说，“这是真的。这不是说我不喜欢我跟你一起过的生活。”

“有时候，”吉娜又平静地说，“人是会弄错的。有时候，有些女人表面上看不出来，却会跟着男人离开城市去到最远的地方。但是这样的女人不说而已。”

“这是真的。”萨拉说。

“是的。”雅克说。

吕迪向吉娜微笑，但是吉娜不笑。

“他，”老汉说，完全在想自己的心事，他指指箱子，“他，不幸的是，他不喜欢城市，而只喜欢这种害人的山。”

“萨拉戈萨。”老妇说。

“嗨，是的，”老汉说，“但这是因为他没法儿去那儿。”

老妇又盯住箱子看，低声呻吟。

“害人的事谈够了，”吉娜说，“应该去吃饭了。”

她指指正在流眼泪的老妇。

“不。”迪亚娜说。

“是，我们走吧。”吕迪说。

他说声再见，立即走了，单独一个人。大家都跟着他。萨拉走在他旁边，挽了他的手臂。

“她也是自以为很神气，”吕迪说，“从来不改变。老是这样。”他原本也可以说说她的。

他搂着萨拉。那人、雅克和迪亚娜跟在后面相互什么都不谈，听着吕迪和萨拉说话。吉娜超过他们大家，傲慢地吹着口哨，两手插在短裤口袋里。

“这个疯女人，这个疯女人，”吕迪说，“她自以为很神气，是的，很神气像这个样，人家说她什么都听不进去。”

他把萨拉往自己身上拉。

“我的小姑娘。”他说。他又说：“你是知道的，我也知道，她这样子到死也不会改。”

“你会永远爱她这个样的，”萨拉说，“我们也会永远爱她这个样的。”

“哦！我不知道。”

“我相信是的。就像大家会永远爱海，我不知道对不对。再有可能，你需要这种好事多磨的爱情。”

“但是你知道，”吕迪说，“这几年来，我还是考虑到有可能去爱上——比如说——一个少女。但是同时我又不能考虑不再爱她，没有她过日子，不，我做不到。但是以前，很早以前，我不能考虑在生活中除了她还有另一个女人。喏，你看到了，事情还是有变化的。”他这话说得非常轻，没有人听到。

“但这事她是知道的，”萨拉说，“她什么都知道。为什么一个少女？”

“我也不太清楚，因为少女不知道要什么，应该是这样的，这个一切都要，一切又都不要，这样的事与那样的事同时都要。但是爱一个少女也就是什么人都不爱，因为这不长久，因为变成女人时也就变了。虽是这么说，有时候我还是想。这是我的有想象城市的彩色梦。”

“我理解。”萨拉说。

吉娜在一个拐角出现了，顺着斜坡往下走，一直傲慢地吹着口哨。

“哦！我来气了，”吕迪说，“我不回家去吃了，我跟你们上酒店去吃，她的番茄包菜给她自己留着吧。”

“这是你爱吃的，番茄包菜。”

“是的，”吕迪说，“我就爱吃她做的。她真会做菜，使得我这个人在吃中饭前两小时就想吃她做好的番茄包菜。这是不是一个结果呢？”

雅克超过迪亚娜，走到吕迪的另一边。“有一件事我无法忍受，”雅克惯常这样说，“那就是吕迪的忧愁。”山里的气温达到顶点。万物一动不动简直致人死命。只听到海水闷闷地撞在悬崖上，灌木丛里蜜蜂响亮的嗡嗡声。在山的这块地方，空气中同时闻到火与花汁的味道。这种气味使空气发腻，就像一个发甜的大厨房。

“到酒店去吃吧，吕迪，”雅克说，“就去上一次吧。”

他跑着叫着走开，突然快活起来：

“我去订苦味康帕利，让你们到时都准备好了。”

“好啊，”吕迪说。他又说：“这个雅克，我真喜欢他。”他再说：“我很高兴跟你们俩，还有迪亚娜和那人，一起吃中饭。不，她以为这样，她要这样，但是她不能代替我的朋友，不是吗。那人我觉得愈来愈合得来了。”

萨拉没有回答。吕迪朝她转过身去。

“跟你呢，跟你合得来吗？”

“是的。”萨拉说。

她向吕迪微笑。

“你看，”吕迪说，“你看，我，我相信他有点儿爱上你了。”

“这些事你看出来啦？”

“你相信我是这么糊涂吗？”他笑着说。

“这话我听了高兴。”她说。

“什么高兴？说他有点儿爱上你了？”

“是的。”

“啊！我多么愿意她也有点儿像你。”

“你会受不了的，比雅克还要受不了。”

“那肯定，”吕迪说，“我会受不了的，但是这就像幸福，像苦难，必须隔上一段时间改变苦难的花样，不这样人就会变老变笨。”

“我也相信这样。”萨拉说。

迪亚娜与那人赶了上来，迪亚娜听见了吕迪说到苦难的话。

“这说说容易，”她说，“人要是能够只受愿意受的苦难，那才是太如意了。”

“迪亚娜，她有时候怎么啦？”

“她无聊，”萨拉说，“你，从不无聊吗？”

“有时候还是会的。”吕迪说。“冬天我就会了。夏天，从来不。”

他们到了酒店。雅克在那里，在天棚下，面前六杯苦味康帕利。孩子在跟酒店的其他孩子玩。女仆没精打采地瞧着远处，在想自己的心事。

“我多订了一杯，”雅克说，“吉娜不要。”

“那没关系，”迪亚娜说，“我接连喝上两杯。”

“她反对开胃酒，”吕迪说，“她向来反对开胃酒。”

萨拉走向孩子，把他举起来吻了一下。

“你们在这里干吗？”她问女仆。

“我在等您。他不愿意在家里吃，要在吕迪家吃。”

“可惜不巧，”吕迪说，“中午我不在家里吃。”

“这时候他应该在睡觉了。”萨拉说。

“我没办法，”女仆说，“回家时他大吵大闹。”

“我要马上到吕迪家吃饭。”小孩说。

“去吧，”吕迪说，“我不在乎，今天我不去，你们把什么都吃完。”他解释说：“当她在家里吃时，她把东西吃光才会走。从没见过这样吃的。”

“这样才有劲儿，”女仆说，“我什么都咽不下，我这时没有一点胃口。”她开始低声咯咯笑。

“这不是什么责备，”吕迪说，“相反还叫我高兴呢。”

“来一杯苦味康帕利吧，”萨拉说，“您的气色不怎么样，这对您有好处。”

“您的苦味酒很难喝，”女仆说，“但我还是愿意喝上一杯，提提神。他在海滩那边弄得我真是没法说。”

“他很难弄，”萨拉说，“但是他不坏。”

“我也愿意相信是这样，”女仆说，“但我还是受够了。谢谢您的开胃酒。午饭后我给他做什么？”

“您要给他做什么？您给他上床，我会过来的。跟他客气一点儿。”

她拉住小孩，在他头发上吻了一吻。小孩大叫肚子饿，身上在挣扎。

“您懂么，”女仆和气地说，“对您不一样，这是您的孩子，但是您不可能懂。”

“懂，大家都懂。”雅克说。“但就算是我们不懂，他又恰恰是我们的孩子，您又有什么不乐意的呢？”

女仆笑了，她说声再见，往吕迪家走去。

“我真不要再见到她。”迪亚娜说。

“我嘛，有几天她叫我很喜欢，”吕迪说，“比如说今天。有几天她看起来很漂亮。”

“我对她还是有感情的，”雅克说，“我也由不得自己。”

天棚下很凉快。他们静静地喝着他们的苦味康帕利。每人两杯，迪亚娜和雅克三杯。其他客人已经开始吃饭。他们总是最后吃，但是酒店对他们不强求，因为他们到底是开胃酒的好顾客。那人也喝了三杯苦味康帕利。

“我开始喜欢它了，”他说，“真怪。”

他是对着萨拉说的。只有迪亚娜注意到了。苦味康帕利很快发挥效力，尤其因为他们泡了海水澡还饿着肚子。这是些凉爽的饮料，当水那么喝，喝下以后立刻心情愉悦，思绪繁多。

“我去买几包烟，”萨拉说，“你们上桌子吧。”

“给我们带两包。”雅克说。

她走开了。她还没有走到小路，那人就追了上来。他微笑着。样子有点儿醉。

“我也要烟。”他说。

他们走开了。小路透过凉鞋发烫，比山里的小路烧脚得多，那里的野草莓树下到底还有些短短的阴影。细瘦的夹竹桃沿路一行，散发出带甜的香味，有点令人恶心。由于阳光直射，他们的眼睛甚至不能对看一下。他们看到对方和自己的，只是穿在海滩凉鞋里四只全是灰尘的裸脚，他们走得很快，别墅的白墙头和河水的反光照得两眼发花。

“我不愿意你独自一人去杂货店。”他笑着说。

“我怕有人看见。”萨拉说。

“天热、苦味康帕利，”那人说，“这不是我的错。”

他们来到了杂货店。所有的窗子都关着，屋内很有凉意。杂货商已从山上下来，坐在店中央的一把椅子上，他在吃饭，一块面包和几片香肠。

“哦！像钻进了浴缸里。”萨拉说。

店里有香肠、大蒜和橘子的味道。那人要几包美国烟。杂货商说他已不卖美国烟了，但是楼上还有一些存货，他很愿意给他去拿。他上楼去找，走路跌跌撞撞，一是在山上跟扫雷员的父母喝了些酒，二是年纪大了。然后他们听到他步子平静地穿过房间。那人用全力扑向萨拉，在杂货商寻找香烟时一直吻她。然后又听到他的脚步声。那人几乎粗暴地推开她，他在店堂中央的那把椅子上坐下，萨拉背靠在收款机旁边的空货架上。杂货商在楼上关一只柜子，朝另一方向走。然后另一扇门打开，屋内阴凉宁静。

“他大约找不到了。”萨拉说。

“今晚。今晚我要见你。”

“好吧，”她说，“今晚。”

“你到对岸的那个舞会去。你不要坐船兜风。你说你想到那个舞会去，不是这边这个。你会说吗？”

“我会说的。”

杂货商找到了。他关上壁柜，壁柜又一次咯咯响，他又穿过整个房间。

“但是可能会有人陪着我去。”萨拉说。

“你应该一个人来，你应该这样做。”

“我会这样做的。”

他瞧她，要说些什么，然后没说就笑了出来。

“你笑什么？”

“我想起我本来想跟你说的事来了。”

杂货商从楼梯上下来。

“这里共有五包，”他说，“但这是最后几包了。”

那人像没听见。萨拉向前代他收下了这几包烟。杂货商盯着他们看了一个又看一个。

“你们累了。”他说。他又说：“是的，这家破店在村子的一头，又加上这太阳……”

“非常感谢，”那人说。“多少钱？”

“我要的是国家牌，”萨拉说，“我只要两包，这样可以常常过来看你。”

“你真好，”杂货商说。“现在他们要走了，我就有更多时间待在店里。还能做什么别的吗？”

“但是你可以去看他们啊。”萨拉说。

“我会去看他们的。冬天我就喝酒，好让时间过得快些。”

他们付了钱，又走上了火热的小路。

“你去吗？”

“我想去。”

小路一眼看去阒无一人，连鸟的影子也没有。人人都在别墅里吃中饭。

“光想不够，”那人说，“你一定要来。”

他们走得很快，低着头，好像有人跟踪似的。

“我认不出你的脚了，”萨拉说，“可能是我第一次看见。”

“不管怎么样，”他说，“你一定要来。”

“他经常欺骗我，但是我还从来没欺骗过他。”

“我知道。”那人说。

从开着的窗户跳出嘈杂的人声，在阳光里特别响亮。

“这件事很重要，一个秘密。”萨拉说。“我以前从来不信。”

“是的。”

“不管是什么样的秘密。”萨拉又说。

那人没有回答。酒店在二十米外。

“这里，在这样的阳光下，现在，我会相信的，”那人说。

“我也会相信的。”萨拉说。

“今晚舞会上见，对岸的那个，你什么时候到都可以。”

他们走到了酒店。其他人都开始吃了。除了吕迪。

“你们去了那么久，大家都开始吃了。”雅克说。

“你们做得对。”萨拉说。“他找美国烟把整个店都找遍了，没完没了。”

“吕迪在哪里？”那人问。

“他回去了。”迪亚娜说。“吉娜也没来找，他就独自回去了，就像突然想拉肚子似的。刚才正在和雅克说这个呢。他还说一定留下来跟我们一起。”

“第一次，觉得这样的事不像是一个人可以独自做到的。”萨拉说。“这必须是，我不知道……一个人，一个女人，吉娜代他去做，真的去做。”

“她不会真的要这样。”迪亚娜说。“她要的，不是要他像其他男人那样回来，而是要他回家时像敌人那样投降。”

“这倒是妙啊，”萨拉说，“宁可这个样去体味爱情，愿意以这种方式去留住爱情。”

“我不知道。”迪亚娜说。

“是他看了酒店里这些每餐都有的烤鱼时，”那人说，“走开的吗？”

“是的。”雅克笑着说。“他把烤鱼翻过来，带着厌恶的神色瞧了一瞧，放到鼻子前闻闻，然后跑着走开了。”

“当她把蛤子酱饼给老人时，”迪亚娜说，“这就是在惩罚他那么贪吃她做的菜。”

“总之，可以说，”雅克说。“吉娜永远不会接受……总之……大家明白。首先是反抗她过的生活或者……或者反抗他们的忠诚，这是一回事。”

“没有什么有意义的忠诚吗？”迪亚娜说。

“我相信是有的。”雅克说。他犹豫一下，笑着说：“但正是这一类忠诚是谁都不能避免的。”

“也可能有一天吕迪也会吃酒店里每餐都有的烤鱼。”那人说。

“谁知道呢？”雅克说。

他们吃得胃口挺好，同时东扯西拉，谈什么都一样，如天热、旅游、酒店的套餐。他们喝浓咖啡，质量不错，这使他们稍有安慰，不再计较酒店的套餐了。

“火势还在增大。”那人说。

透过棚架下的红葡萄看到东面一大片黑色火炭，比前一天更要明显。火沿着悬崖陡直的侧壁，面对江河在烧。这中间有一小块森林还没有遭殃，依旧是绿的。

“不管怎样，”迪亚娜机械地说，“现在他们实在应该走了。”

“既然一切都快办妥了，这只是个时间问题。”那人说。

“这不是因为起了林火。”雅克说。“这里，火有点像空气、海，是世界的一部分。”

他们就这事谈了一小会儿，然后雅克对萨拉说：

“我要对你说个事，我有了一个主意。”

“什么时候有的？”

“昨夜，因为天热睡不着觉。我真想大家到附近去旅游上一个星期，你，迪亚娜和我。把孩子留给吉娜和吕迪。”

“为什么？”

“换一下环境。有些东西我还想看一看。”

迪亚娜好像已经知道的样子。雅克大约已经跟她说起过了。她是否同意不知道。他们两人认识已有多年，心里彼此领会，只有脾气来时产生误解，但从不是别的。

“现在不行，”萨拉说，“过几天可以。”

雅克朝着她全神贯注地看，变了表情。他往椅子上一靠，点燃一支烟，大家可以认为他对妻子要了解的也仅止于此了。那人也点燃一支烟，始终瞧着山上的火。

“我原来以为你不喜欢这个地方。”雅克说。

“我恨它，”萨拉说，“我甚至相信我其实没必要那么恨它，比你能够恨的还恨。”

“当一种感情那么极端时，也总是模棱两可的说不清。”迪亚娜轻飘飘地说。

“那当然。”萨拉说。

“有人，”迪亚娜继续说，“被阳光与荒路的无情弄得神志不清时，就是这么一回事。”

“是啊，”萨拉说，“我们愿意走开，同时我们又很难走开。是不是这个？”

“是这个。”迪亚娜说。

“真是咬文嚼字哪。”雅克说。

“咬文嚼字总是可以帮我们大忙。”迪亚娜说。

雅克微笑，朝那人转过身去：

“您见过这么讨好的吗？”

“我没有看法。”那人说，表示抱歉的语气。他始终瞧着火。

“真的没有一点看法？”

“没有。”

雅克朝萨拉转过身去。他等待一下，说：

“短程旅游。”他说：“罗马一口气玩完。然后那不勒斯。再南下直到帕埃斯图姆。就是再跑得远些也行。”

“还是等一等吧，”迪亚娜说，“天这么热。”

“可不是么，人都快要死啦。”萨拉说。

“这又怎么样呢？”雅克笑着说。他又说：“高温就要过去的。明天，后天，最多几天就要下雨，高温天气会结束。”

“这个国家没有干邑酒，”迪亚娜说，“实在不知道他们中饭后喝些什么。我想我还是去拿杯苦味康帕利吧。”她转身朝萨拉，“一杯苦味康帕利？”

“不。”她向迪亚娜微笑。

“今天就下雨也很可能。”雅克说。

“等雨等了那么久，”萨拉说，“会下才怪呢。”

“一切都可能发生。”雅克说。

“那么让我们等到下雨再动身。”萨拉说。

“您愿意跟我喝杯苦味康帕利吗？”迪亚娜问那人。

“不。一杯咖啡，中饭后不喝康帕利。”

“我跟我的康帕利感到多么孤独啊。”迪亚娜说。“真的，在这个时候旅游，人是会烤煳的。玩得开心不开心这很重要。”

“不，”雅克说，“重要的是兴致高不高。”

“我可不是个会苦旅的人。”萨拉说。

“我没有那么长的假期，”雅克说，“我等不到天下雨。”

“看来我还是来杯苦味康帕利吧。”萨拉说。

“昨夜我看了地图。”雅克说。“去罗马的路上可以在塔尔奎尼亚停一停，看看吕迪说的伊特鲁里亚小马。他早就在我们耳边说个不停。过了那不勒斯就不会比这里热了。”

“过几天去吧。”萨拉说。

“你能说说为什么吗？”

“现在我不想去。”

“但我总是想去旅游，”雅克说，“什么时候都想。”

“我不是。”迪亚娜说。

“请原谅我们。”萨拉对那人说。

“该原谅的是我。”那人说。“我应该走开的，但是我觉得不纠缠在别人的故事里总是很难。”

“这是个美丽的缺点，”雅克说，“我觉得应该永远纠缠在别人的故事里。”

一阵宁静。雅克在思索。萨拉要了一杯咖啡，迪亚娜又要了几杯康帕利。

“去年我去过帕埃斯图姆。”那人说。

“啊！是吗？”雅克说。“怎么样？”

“非常美。”那人说。“是在海边。”

“波塞依登尤其美，不是吗？”

“是的，”那人慢慢说，“波塞依登尤其美。切雷斯的海边就差多了。”

“吕迪说，几乎跟西西里岛的阿格里真托一样美。”

“那我没去过。”那人说。“那是个赭色花岗岩高地。散发一种奇特的光。”

雅克听着，心驰神往到了帕埃斯图姆。

“四周地区都是水牛。”那人说。“那地方是很荒的。”

“可能要下雨了，”萨拉说，“乌云遮住天空已经有十分钟了，但是大家这样讨论就是没发觉。”

“你看。”雅克说。

“我不相信还有下雨这回事。”那人微笑着说。

“别跟她们说这个。”雅克也微笑着说。

“这样的高温天我实在不想出门。”萨拉说。“我很抱歉。”

“真的？”雅克说，“你实在不想？”

“别光火。”

“别管我光火不光火。”雅克说。他站起身：“我去睡个午觉。你要是愿意，咱们晚上再谈。”

他走开，又走回来，站在那人面前，问他：

“这一切您是怎么想的？”

那人没有立即回答。迪亚娜站起身，呼唤：

“雅克！”

“你要什么？”雅克平静地问。

“为什么问我这个？”那人也平静地问。

“我也不太知道。”雅克说。“我喜欢把事情讲出来。”

“讲到这个程度？”

“是的，尽可能的程度。”雅克说。

“我请求您不要回答。”迪亚娜说。“就让人这一回拒绝回答他。”

“我不回答。”他微笑：“请原谅。”

“这也就像您发表了意见。”雅克说。

“那么肯定，那又何必问我呢？”

“不回答，我要说……”雅克说。他朝萨拉转过身，好像别人都已经不在，对她说：“你不去午睡吗？”

“我十分钟后过去。”萨拉说。

“我不认为这有那么严重，”那人猛然说，“她们不想到帕埃斯图姆去。”

“我也这样认为。”雅克说。

他走开。他一走，迪亚娜就说：

“我开始总是反对你的，然后又全盘翻了过来，我赞成你了，即使你不对也赞成。”

那人和萨拉都没回答。

“他认为谁都该向他像向仁慈的上帝似的讨教真理。”迪亚娜说。“有时我真想揍他一顿。”

“他非常想去看看帕埃斯图姆。”那人说。他又说：“我觉得他很不错。”

迪亚娜和萨拉惊奇得面面相觑。

“问题不在那里。”迪亚娜说。

“在这里，”那人说，“可是我对他不熟。”

“这里的人中间就是他最疯。”萨拉说。

迪亚娜喝了不少康帕利。

“我也是，”她说，“我以前也想去帕埃斯图姆。”

“我也是。”萨拉说。“谁不想去帕埃斯图

姆？但是我不愿意被人家逼着去。”

“这我理解。”迪亚娜说。她又说：“要是这样没人会去帕埃斯图姆了。要是这样什么事都做不成了……”

萨拉不为所动。现在仅剩他们三人在酒店露天座上。时间比平时晚多了。只有一名服务员在棚架的另一头打盹，等待顾客。

“太阳升高了，”那人说，“我说过的，看看吧。”

“要是这样下去，大家就去啦。”迪亚娜说。“我去睡上一个小时。然后五点半光景到大海滩，跟平时一样。”

“没错。”萨拉说。她犹豫片刻：“今天晚上我想去河对岸的那个舞会。”

“这主意不错。”迪亚娜说时低着眼睛。“这确实可以带来点变化……”

“是的，”萨拉说，“带来点变化。”

迪亚娜走开了。那人和萨拉单独两个人留下。服务员在棚架的另一头打着哈欠看他们。那人瞧萨拉。但她只是瞧着黑烟笼罩的山里那团蔓延的火。

“我相信他们已经放弃乘您的船兜风了。”萨拉说。

“到我的房里去吧。”

“房子都是玻璃的。”

她站起身。服务员为了解闷，试图听他们说些什么，人始终在棚架的另一头打哈欠。整个村庄被夏季的午睡黏在遗忘中一动不动。

“不要马上就走。”

“我若不马上就走，就会上你的房里去了。”

“那就不要走。”

“我恨这些玻璃房子。”

“萨拉。”他说。

她一惊，但是几乎没有露出一点痕迹。

“你还是不开心。”

“每个人都不开心。我没迪亚娜那么不开心。”

“我求你啦，到我的房里去吧。”

“我若到你的房里去，想到的就会是他。”

他做了一个手势，像是在抗拒。

“虽是这么说，我也不在乎。”他说。

“我不行。我要的是能够上你的房里去，又不再想到他。”

“那么今晚。”

“可以。今晚，我会说我上河对岸的那个舞会去，可以让他们能够偷你的船。”

“你刚才还说过，谁都不再对偷船感兴趣了。”

“这对我是一样的。我做得就像今晚他们还是要去偷你的船似的。谁知道呢？听到河面上响起船的马达声，就分开回去。”

“我来这里时心地纯洁，”——他微笑——“这会儿跟大家一样有一段故事。”

“你听到马达声时应该被大家看来很意外。就应该马上回去。他们回来时你应该十分惊讶。”

“我可能做得不像，但是可能到了最后一分

钟我会想出怎么做的。现在要我预测跟你到舞会以后的事，那我做不到。”

“要是你不惊讶，他们会把事情都猜出来的。记住这点。”

“然后又怎么样呢？总不像你以为的那么可怕吧……”

“怎么不，”萨拉说，“这很可怕。我可以比如说，在大家听到河面上马达声的时候，我把他们的计划都告诉你了。大家可以认为你已经惊讶过了。”

“你要说什么就说什么。”他又说，声音更低了：“在舞场后面我看到玉米地，离海很近。”

“是有的。”萨拉说。“那一边的海滩很大。”

“平原上，”那人说，“风吹过来没有东西阻挡，那边的夜晚要比这边凉快。”

“这边什么都难。”萨拉说。

时间在过去。服务员总是不睡。

“你那艘船贵吗？”萨拉问。

“你别为我的船操心了。”那人说。

她站起身。他还试图留她，要做个手势，但是碍于服务员在场，手势没有做完。她走了。她走得很快，走到别墅一身大汗。雅克躺在游廊上看书。

“你还能够看书真福气。”萨拉说。

“我到处都能看，”雅克说，“不论什么情况。”

她奔进浴室，脱去衣服。他到浴室内找她。她冲凉。他靠门站着，瞧着她冲凉。

“现在，我也是，我觉得这人很不错。”他说。

“你看到啦。”

“还有，喜欢你的人在我看来都不错。”他微笑着说。

她在肩头浇上第二罐水，穿上衣服。

“对你，你不再觉得他不错啦？”

“他当然是不错的。”萨拉说。

她走出浴室，他们重新走上游廊。有几片叶子，令人不察觉地开始动了。

“晚了，”萨拉说，“现在应该睡了。”

“我要你跟我说说你打算做些什么。你可以说说吗？”

“去短程旅游一趟，但是几天后。下了雨后去。”

雅克就地坐了下来，没有回答。她还是站着。

“可以到塔尔奎尼亚停一停，”萨拉继续说，“这是个好主意。”

“可以这样做。”雅克说。

“我要去睡到五点钟，不这样到浴场就会晚多了。”

“不，不要马上去睡。”

她还是站着，拿起桌子上那部打开的书。

“虽是这么说，你读得并不多。”她说。

“不多，”雅克说，“跟我说……”

他把头靠在椅子上。

“跟我说……我要跟你说的是，我很在乎同你一起去短程旅游。”

他露出一脸倦容。他抬起头，说：

“想到不能同你马上去我实在受不了。我受

不了。我准备理解你提的一切理由，比如天气热。但我是……想到再待在这里，即使一天也烦透了。”

“如果是这个情况，”萨拉说，“我可以去。”

“不，”雅克说，“不，你看，要做的是让我来忍受，我来做到。我愿意尽我的全力去做。我愿意尽我的全力做到，比如说，我一个人去。你不同我去。”

她站起身，进入走廊。他也站起身。

“我愿意去做，”他还说，“我愿意做到。”

“我早已做到了。”她提醒他说。

“我知道。”

他跟着她走进走廊下凉爽的阴影里。

“原谅我。”他说。

她向他走过去。

“近几年来，”她对他说，“有几次夜里我梦见新的男人。”

“我知道。我也是，我梦见新的女人。”

“怎么办呢？”

“世界上任何的爱都不能够代替爱情，这是没法的。”

“什么都得不到，什么都不做吗？”

“不。”雅克说。“去睡吧。”

她走去上床。他不留她。她在孩子旁边躺直，孩子正在熟睡，全身淌汗。她没有去想刚才发生的这些事，还在想这座空气不畅通的别墅，这个地方不适合孩子居住的缺陷。她想象其他的假期，他就会在凉爽宜人的环境中玩耍。气温那么高，真叫人相信下午不一会儿就会下雨的。她怀着这个希望睡着了。

第四章

但是当她醒来时，天色依然晴朗。长年不断的清风又吹了起来，就像他们到来以后的每一天。

她起身，摇摇晃晃，走进花园。清风还在吹，就像每天的这个时刻，吹弯了绿色温柔的河两岸。经过门厅时，她通过卧室的门看到雅克已不在那里。她走进花园，直到正对河面的那扇门。清风弱而有规则，带火的气味。雅克大约没有睡午觉。他大约去酒店的棚架下看吕迪，或者迪亚娜，或者甚至是那人，要是他还在那里的话。去谈谈到帕埃斯图姆的旅游。谈波塞冬的神庙，在神庙的大柱子之间还放牧水牛。吕迪经常谈起。六排十四根赭色花岗岩柱子之间水牛在遛想。在野性的海边、死气沉沉的花园里，这座神庙横卧在夕阳的褐色光芒中。在寂静的房子里老鼠发出轻微的吱吱声。孩子正在醒来。他走来坐到她旁边，不声不响，全身赤裸。他的头发被汗水沾湿了。她装了一罐凉水，在百日草旁边给他冲凉。孩子立刻生动活泼了，又开始谈船，谈他希望去把海洋中的鱼全都钓上来。然后他忘了船和鱼，开始玩。当他在温热无力的清风中跑着玩时，轮到萨拉冲凉，穿衣，梳妆。然后她回来坐在游廊上，等待女仆。河对岸像每天晚上一样都要开舞会。今晚应该让女仆看管孩子。女仆到了。

“我相信今晚他们要走了。”女仆说。

“我不知道，”萨拉说，“今晚您要留下来看管小孩，我回来很晚，要在舞会结束以后。”

女仆起初显得惊奇，然后厌烦。

“这很不巧，”她说，“我刚好跟他约了。”

“您一星期去了五次。就这一次……”

女仆颓然坐在萨拉旁边的椅子上。今晚去不

成舞会了，这个前景使她灰心丧气。

“我知道，”她说，“但是在这个鬼地方，要是不去舞会，还有什么别的可以做呢，我就是在寻思这个。”

“的确。除了夜里睡觉时听海和做爱，我看不出还能做什么。”

她们相互微微一笑。女仆没有一点恶意。

“这倒是真的。”她说。她又说：“您能不能到那里去待到比如说九点钟，然后我去？”

“我不行，行的话我会做的，这个您是知道的。我借给您一部书看看。”

“他呢？”女仆指着小孩说。

“晚饭以前我领着他，您到酒店去找他。晚饭以前，您爱做什么做什么。”

女仆离开了，去关照她的海关员她今晚不去约会了。萨拉还留在游廊上原地。离五点钟也不远了。小孩在房子与小路之间的那条水泥走道上玩火车。他又全身是汗，但是她知道自己没这个精力不让他跑，连试也不试一下。在河面上，前一天的那些渔夫带着耐性与厌倦在撒网。田野是空的。除了大巴以外，路上没有东西经过，要有就是每隔十五分钟来一个卖冰淇淋的小贩。他三轮车上的小铃使空气中充满了铃铛声。

时间过去了。渔夫取出他的鱼篓子。他问一些她的消息，还对她说高温不能再继续下去了，蔬菜都干死了，这是老天的诅咒。接着时间又过去了，简短，但很凝重。雅克没有回来。肯定已经不在酒店里了。会跟谁在一起呢？他大约已经去了大海滩，跟其他人一起，那二十五人，他们午睡以后每个傍晚都要渡河的。或者跟那人一起。如果她到吕迪的别墅去就会知道了。在那里大家知道四周发生的一切。但是在他们自己的别墅里，什么都不知道，不知道地球是怎么转的。这是自从他们来了以后一直缺少的东西。这天下午她依然缺少。她等待着。她又一次来到了这个远远在玉米地里闪光的舞会。在帕埃斯图姆赭色大柱子的长影子里，夕阳时刻，沉睡的水牛都会心惊肉跳。天下不存在能够同时补偿欲望与世界变异的东西。她以为比其他女人更懂这个。人人都以为自己比其他女人更懂这些事。她也是这样以为。

当她终于下决心跟孩子一起去时，天已经晚了。他们在河岸上慢慢走，瞧着渔夫。萨拉对孩子解释在大海上如何捕鱼。快要到达酒店时，她听到那人的汽艇的马达声，向着海滩而去。大约是五点半钟。酒店里已不再有人。她听说大家都刚走，有的乘汽艇，有的跟船工，雅克也是。她喝一杯苦味康帕利，等着船工回来，然后她走上小浮桥码头。杂货商在那里。他坐在栏杆上看着酒店客人来来往往。他也对她说看到他们离开的，一部分人乘了那人的船，另一部分人跟船工。他第一次对她以“你”相称。他有个口信转达给她。

“那位让先生要我告诉你等着他，”他说，“他过会儿回来找你和你的孩子，免得你从河走到海滩。我也是有点为了这个留在这里的。我等着是为了把这句话告诉你。现在我要上山去了。”

“最后一个晚上啦？”

“哦，是的。我反对这份报告，尽管知道他们早晚要签字的。”

“他们家里不会有很多活儿要做吧。那又为什么马上走呢？”

“你这话说得不聪明啦。”杂货商说。“休息像其他事一样，都是在年轻时养成的一个习惯。她以前从来没有这个习惯。当她睡的时候，倒叫她累。”

“这是真的，”萨拉说，“而且也不能老这样下去，大家也不免希望这事快快结束吧。”

“对你可能是的，因为你年轻，但对我不是。”

“那当然。”萨拉说。

她说时心不在焉。他看出来了。

“你不开心。”他说。

“这大约是我气色不好，我没不开心。”

“太阳下山时人经常会不开心，可能是这个

原因。”

“不是不是，”萨拉说，“而且太阳也没到下山的时候。”

“他们在一起谈了很多，你的丈夫和这位让先生。我不知道谈什么。”

她转过眼睛看河。

“我不知道谈什么。”杂货商重复说。

“谈的是我。”萨拉说。

这些事再也不会叫杂货商吃惊了。

“我猜想也是你。”他又说：“他们是一起走的。”

“做一个人的妻子很难。”萨拉说。

“但是这样的女人已经很多了。”杂货商说。

他们瞧着河。船工穿过孤独的渔夫静静撒下的渔网在回来。在远处的海面上，汽艇的啪嗒声隐约可闻。过了十分钟，汽艇又出现了。它在河面上拐了一大圈，快速往上游过来。

“他们在一起。”杂货商说。

船头上有两个男人的影子。她抱起孩子，指

给他看船。

“我们过会儿乘了这艘船到海里去。”她说。孩子笑了，挣脱她的手臂，欢喜雀跃。杂货商每次到这时候，只是专心注视船在河面上驶行。

“我们过会儿乘这艘船去，”她重复说，“然后游泳，然后可能跟吕迪打一盘球。”

“机动船的好处，”杂货商说，“就是你不用划桨划得很累。”

“这跑得快。”孩子说。

“是的，这还跑得快。但是在海上还能去哪儿？死了心吧，哪儿都出不去的。”

“就近走走还是可以的。”萨拉说。

她又抱起孩子，但是孩子又挣脱，盯着船看。

“有时，”杂货商说，“我还等待生活中的什么事。所以，有时，我觉得像这么一艘船，在夏天……更好是还有一辆小轿车……”

“那有什么不可以？”萨拉说。

“要是你的马达在海中央爆炸了呢？”

萨拉没在听。孩子在听。

“我会游泳。”孩子说。

“我不会。”杂货商说。

他像孩子一样瞧着船。

“你看着吧，”他说，“总有一天这两边都是沙洲，要在这条河里开得那么快……”

“什么？”孩子问。

“没什么。”他声音更低地又说：“跟他说这些事肯定是坏了心眼。”

孩子对杂货商不感兴趣了。

“你真的那么害怕变坏吗？”萨拉说。

“那还有什么更坏的事？”杂货商说。

“狼就很坏。”孩子说。

“你要明白，晚年，这太漫长了。”杂货商对孩子说。

他说他上山的时候到了。他没跟萨拉说声再见就走了。他一走，船差不多立即到了。雅克和那人始终站在船头。他们两人都带着疲倦的笑容。那人转身去系船缆。雅克保持老样子，瞧着她，面孔呆板，带着疲倦的笑容。

“真太好了。”萨拉说。

中饭以来，在酒店的棚架下，在这个为了睡眠和遗忘而准备的午睡时刻，他们大约谈了很久。他们尽管充满好意，大约没能达成默契。雅克帮助那人做出发前的准备工作。什么事把他们此后连接在一起，这可能是这些难分难解的冲突本身说不清的。

她带着孩子安顿在船尾。船立即就开了。船身斜着把河水剪开，沿着对面的岸边直往海里去，岸上一路是吊车，是石子堆，好像几年来都等着人动用似的。据吕迪说，大家一直在议论有朝一日要在这个河段建造一座桥。

“行吗？”雅克在风里问她。

“还行。”

她只是悄悄地隔一会儿瞧他一眼。而他盯着她看个遍，就像平时在咖啡馆里、在路上盯着女人看个遍一样。他瞧她，她在生活中又回到了他那里。然后他转身，显出对那人的驾船技术感到了兴趣。于是她看见他们两人的背影。一个是她长久以来就认识的。另一个不，她对他不会有更多的认识。另一个是她不会有更多认识的男人。另一个正在变成她不会认识的男人。吕迪说，人不可能一起过所有的人生。这些认识不是可以相容的。孩子在她旁边高兴得直叫。只要船尾出现痕迹和河口掀起波涛，孩子都感兴趣。那人在防波堤绕了一个大圈子，然后猛地全速驶往大海。雅克站着，没有惊讶的表示。海滩远了，随着它，海边青纱帐似的玉米地也远了。事物还是停留在原地，总的来说仅有这个差别，它们的宁静现在受到了破坏。

“快啊，快啊。”孩子叫。

那人朝他转过身，头发迎着风吹，他向他微笑。他用手做了个奇怪的姿势，显然表示他不能这样做。然后他朝船头转身。雅克不动，始终站在那人的背后。

“再快。”孩子叫。

那人又转过身来，也叫着说不能再快了。萨拉用双臂护住，不让孩子吹着风。他闭上眼睛。她也闭上眼睛，别被风吹得那么难受。于是，又一次，帕埃斯图姆的粗圆的石柱阵，在风的怒吼中竖立在海岸上。

那人终于降低了速度。他一下子朝大海滩驶去。

大家在那里等着他们。

萨拉把孩子托给迪亚娜，立即往海里游去。那人在雅克的帮助下把船拖到海滩上，然后他也往海里游去，但与萨拉反方向。他竭力游，很快就游远了。她看见身体流动脆弱的痕迹消失在水下。孩子已跟其他孩子一起在玩，看谁比波涛跑得快。迪亚娜、吕迪和吉娜在闲聊。这一边一切都显得跟平时一样。除了吉娜对发生的事都不想知道。吕迪也是。而迪亚娜——大家立即就可看出——对发生的事全都明白，就像她历来对一切全都明白一样；她也像历来那么难过，难过每个人都无力解决苦难与爱情的问题。雅克到海里去找萨拉。

“你仰泳试试。”他说。

“我试了一百次，没用，有的事就是这样。”

“还是再试试，我要你学。”

“有的事就是这样，学不会的，没用。”

他放弃争论，但是这次他没有生气。他在她旁边的海水里站着。她划了几下，他跟着她，她停了下来，他也停了下来。

“我到酒店去了。”他说。“他还在那里。我们一起谈了谈。”

她没有回答。她又划了几下。然后她不得不再停了下来。

“我永远游不会。”

“请你理解我试试。”

“我不知道你在说什么。”

“我没有要跟他谈。我上酒店去是从家里出来，不要再纠缠在这件事里。他还在那里，一个人，在棚架下。我克制了十分钟，但是我不可能不去跟他谈谈。”

她又钻入海水。但是她划了十几下没法不站起来。他向她走去。

“我们东拉西扯什么都谈。”他说。“他还跟我说了一些自己的事。”

她又游，又停下。他像个机器人似的跟着她。

“我们没有提到你的名字。”他说。

她一点也不能瞧他，而他盯着她。

“当他对我谈到他自己时，我已经忘了他……他是谁。”他还在说。

再一次她走远了，试着游。但是这总使她同样筋疲力尽。

“我发过誓不跟他谈。我不能够。”

那人从远处回来，目光盯在他们身上。雅克没有看见他。

“当我看到他在那里一个人，我控制不住自己，我想要多了解他一点，多了解一点这个人，跟着他……”

“哦！我多么希望会游啊。”她说。

“当我在帕埃斯图姆旅游时，我让你每天夜里跟他。”

“没必要，”她说，“我自己也去帕埃斯图姆。”

突然，他发觉那人朝着他们过来了。

“不，”他说，“我不愿意你去帕埃斯图姆。”

他瞧着那人。

“我不要你去帕埃斯图姆。我这一次要让事情起点儿作用。”

他犹豫一下，他说，目光总是在那人身上：

“你理解我的。这一次让事情弄出点名堂。”

“我理解。”萨拉说。

他瞧她一眼，有点迷茫。

“不这样大家永远不会有结果的。”他说。

“是的。”

“是的？”

“你爱怎么说就怎么说。”她说。

他决定走开，低着头下水，因厌恶而皱着脸。他像那人一样游，竭尽全力往大海里去。吉娜、吕迪和迪亚娜又下了水，正在朝着海滩回去。孩子总是乖顺地在玩黄昏的小波涛。萨拉再一次仰泳试试。其他人都在她的右边，朝着孩子待着的地方。雅克已经游远了，他游起来总像是在挣扎一样。那人也在游，跟雅克相反方向，直接朝着她过来了，不犹豫也不谨慎，他还从来没有这样做过。太阳现在与山一样齐，海在红彤彤的天空下是黑的。那人游到了她附近，钻出水面。他也瞧雅克那边。他跟他一样，因厌恶和疲劳而皱着脸。他长久地瞧着雅克，朝她转过身去。

“我们一起谈了很久。”他说。

她躺在海水里，面对着他，她看他很清楚，独自一人，衬托着天空。

“这样待着别动。”他说。他不再瞧雅克，而是她。

“今天晚上。”他说。

轮到她站了起来。他走近去。她稍往后退。

“我多么想要你。”他说。

他又恢复了他日常的语调，声音中浮现出些

许疲惫。她朝着平原转过身，平原现在已在阴影中，笼罩在花园浇水后升起的蒸气中。

“我们还不曾有时间多谈谈呢。”她说。

他也转身朝着平原，然后又立即向她走来。

“他自有一种倾听的方式，”他说，“可以跟他谈上两个小时……”

“我知道。”轮到她瞧他，他总是那么奋猛地游向远处，她想起来微微一笑。

“他这人非常奇怪，”她说，“当你跟他谈时他忘了你是谁。”她又说：“你们也谈起帕埃斯图姆啦？”

她的声音蒙上了一层犹豫的阴影。

“也谈了。他向我提了许多关于帕埃斯图姆及其周围的问题。”

“他明天去帕埃斯图姆。”

“这个他没对我说。”

他们对看一眼。

“我也是……我也有点儿想去，”她说，“因为你说到了附近的海景，踱来踱去的水牛……”

他窥视她的全身，一眼看个遍。

“你很清楚这个……”她又说。

她举起双手，然后又立即放下，无力地沿着躯体垂下。

“这个想法，真难叫人忍受。”他说。

他瞧着她，两手张开，像要掐人的样子。

“想到不能再跟你睡一次，”他说，“一……只一次。”

他没有等待她的回答，在那里盯着她看，两手始终张开，这时他宣布说：

“其实只要你愿意。你今晚可以来的。”

雅克很缓慢地在他们右边往回游，朝着在海滩上休息的其他那些人。

“我们回去吧。”她说。

“你真的相信今晚来不了吗？”

“应该说我是愿意的，就像……就像我不再知道愿意什么一样。”

“你会跟他去吗？”

“跟他，以前有一次，我是愿意的。”

"你跟他做过这样的事？"

"是的。我们回去吧。"

他们朝着海滩往上走，彼此相隔一米，笔直地，不曲不折朝着人群去，或许为了争取到一点时间。

"我有一个女人。"他说。"我自己也做过这样的事。我相信大家可以重新开始。"

"那么，可能你会没有女人了。"

"可能。你这人真理智。"

"我不相信人是理智的，雅克和我，"她说，"就完全相反。"

他们面前一片玉米地，在黄昏的清风中飒飒作响。对岸在这个时刻，天热正在变成一种回忆。尤其空气使浇水后的花园散发芳香。他盯着山峰看，天空无云，但有阳光，把山影清晰衬托出来。

"六点半了，"他说，"三个半小时后你可以去那里了，在平原的这一边。"

她瞧着雅克。他朝吕迪走去，没向他们看一

眼，也没显出注意到他们。

“想起这个使我很难受。”那人说。

“知道了这个还是好的。”她说。

“知道了什么？”

“知道你本来是愿意的。你知道，直到今天晚上都可以这样去相信。”

浇水后的花园的气味重得盖过了海的气味。这是雨水和解渴后的美妙气味。

“但是发生了什么事？”他问。

“第一天，你到的那一天，我就梦见了你。”

他慢慢握紧拳头。他们低声说话，彼此相隔一米，同时瞧着远处在闲聊的人群。

“就是现在这个时刻，”她说，“我对你说着话而他们还在那里的这个时刻……我还是可以相信……”

在河的对岸，尚挂有阳光的山峰一个踉跄跌入了海里。然后就过去了。

他犹豫，然后他一下子声音很低说：

“听着……我不问你什么。我只是对你说我

在舞会的咖啡馆里等你，要等多久就等多久。”

“奸情的婚礼之夜是不存在的。”

“这个我不要知道。我不问你什么。我到舞会的咖啡馆里最后一次等你。”

他相信她要回答了，他说：

“不用回答。”

他们再也不说一句话。他们很快到达那群人里。雅克很沉着，几乎神色冷静。他躺在吕迪旁边抽烟。平原上光线在减弱。天气温和。一天就这个时刻让人觉得游泳以后在渐浓的阴影中重生了。萨拉在吕迪与迪亚娜之间躺直身子，迪亚娜也躺着吸烟。那人稍靠吕迪一边坐下。吕迪和吉娜在他们到达时还在谈美国旅游。吉娜总是不愿意去旅游。她什么都不想要，除了安安静静留在家里，吕迪发火了。雅克似乎没有意见。但是迪亚娜是有看法的，她赞成。

“让人去做自己要做的事情，我继续相信这是可能的。”她说。

没有人反驳，即使吉娜也不。全体沉默。然

后迪亚娜又说，用一种回忆的语调。

“昨天你怎么说来着？黑人有白人的聪敏，要多于白人有黑人的聪敏？”

“是的，”吕迪说，“总之，只要愿意……什么触动你啦？”

迪亚娜发火了，但是她掩饰得一点也看不出来。

“没什么，”她说，“只是又想起来了。”

“这不是一次对话。”雅克说，对迪亚娜温和地微笑。“你要知道，吕迪想到什么说什么，这绝不是他要说的话。”

“谁知道呢？”吉娜说。“谁知道他是不是想这样说呢？”

吕迪笑了，同时也叫了起来。

“当我说了一些让你不中听的话，”他对雅克说，“你就说我是像这样心不在焉说出来的，我自己也不信的。”

“这真蠢，”雅克说，“你竟不能心甘情愿把这样的事也说出来。”

“我就是高兴蠢到极点怎么办呢，”吕迪总是笑着说，“这是我独特的主人与奴隶的辩证法又怎么办呢？”

“那就让地球继续转下去吧，”雅克慢慢说——他突然愁眉苦脸了——“我们不用担忧。因为主要的是黑人有白人的聪敏要多于白人有黑人的聪敏。让事情继续这样下去，一切暴力都长命百岁。”

萨拉在吕迪面前躺直。那人去把船锚拉上来后又回到吉娜身边。

“但是，”迪亚娜说，“在一切自由中都有一种压迫，那是用任何借口都不该忘记的。”

雅克没有反驳。他显然要避免跟迪亚娜说话。他想到的只是说过这么一件事的吕迪，一点不去想自己这些天来的遭遇。雅克就是这样的人。

“啊！先生的辩证法实在高。”他说。他看到吕迪在尴尬地挠头，就笑了起来。

“我要说的是，”吕迪解释说，“我们这个时代，虽是那么可怕，还是包含一些不可替代的价值，没别的意思。但是当然应该去改变世界。可实际上我总是喜欢有时候说世界是不应该改变的。我就是这个样。”

“那么大家取得了一致。”雅克说。

“即使你们不取得一致，”迪亚娜说，“你们还是会取得的，因为你知道吕迪的想法要比吕迪本人强。”

“我以前知道，”雅克一字一顿说，“吕迪不可能想这样的事。”

“你的洞察力使我晕头转向。”迪亚娜说。“深不可测……”

“不。”雅克说。“我尽我的所能去理解别人。”

“现在他们取得了一致，一切清清楚楚，”萨拉说，“这话恐怕不说也罢。”

“但是今晚你们大家有什么安排？”吕迪问。

“没有啊。”萨拉说。

“我回去。”吉娜说。“这类谈话叫我厌烦之至，还有天黑以前我要去看看那两位老人。”

“当我们可以谈谈这次旅游时，”吕迪说，“你把日期与时间告诉我就行。”

“到另一个世界去，”吉娜说，“我愿意，但不在这以前。你爱做的就是发脾气，讨论，讨论。当一个人明确表示不想做某件事，你有什么可以怪他的呢？”

吕迪把手臂举到空中，站起身，然后又放下手臂，嘴里呻吟着又坐下。吉娜站起身，走开，又往回走，仿佛有了个决定性的发现。她朝那人走去，对着他说话，语调带着怒意。

“说到头，这个美国您是去过的，不是吗？”

“我去过。”那人说。

“那您等什么，还不告诉他，他在那里会找到他要的各种各样的女人，甚至他不要的各种各样的女人？跟他都说出来。”

“这不成问题，”那人说，“您要是坚持要我跟他说，我可以说的。”

吉娜犹豫，然后重新想一想，很快。没有人再笑了。

“那么我说了，”那人说，“在美国，就像在世界各地，他会找到他要的各种各样的女人。”他又说：“只要他要就够了。”

“是不是啊。”吉娜对吕迪说。她心头感到了一点震动。

吕迪哇哇叫着又站起身。

他面对着吉娜说。

“我要的是你这样的蠢女人么，”吕迪大叫，“我要的就是你这样的婊子么！”

“还问我，烦不烦，”她大叫，“跟一个每天愈来愈天真的男人一起过？跟每天头脑里会长出怪念头的人一起过？”

吕迪坐下，平静地宣布，也不对着谁：

“你们看到了吧，对这么个女人来说，旅游，是发疯。”

“放屁，”吉娜说，“我回去了。”

她走开了。迪亚娜哼起了歌。雅克样子很累。

“我很抱歉。”吕迪说。

"没什么。"雅克温和地说。"夫妻一起过都是很累的。人人这样。"

"我要跟你一起回去。"吕迪说。他伤心。他抓住雅克的手臂。

"我乘船回去。"孩子说。

"我不知道。"迪亚娜瞧着萨拉说。

萨拉坚持要跟着船工回去。吕迪、雅克，最后还有迪亚娜乘了那人的船回去。萨拉把孩子留给他们。在走开时她听到吕迪说：

"她也是碰上了一个坏日子。"

雅克没有说什么。

她在他们之后到了酒店。那人上楼回自己的房间。他的船系在小浮桥上。

"我们不用等他就走吧，"迪亚娜说，"他说过他不愿意去，他对这样的事有点儿烦了。我理解他。"

没有人回答。萨拉把孩子交给在棚架下等着他们的女仆。他们差不多在她一到后就立即出发了，甚至没有喝一杯康帕利。有点像在完成一桩他们无法推脱的义务。

吕迪与吉娜还在彼此生着气，总是因为这趟美国旅行的事，他们在回家路上又一次把它提了出来。吉娜像平时那样单独走着，走在别人前面。雅克跟着她。迪亚娜走在萨拉后面。她还是像在海滩上那么心事重重和悲哀。山里天已几乎大黑。从西方照过来一片带蓝的光明。那里，风也驱除不掉热气。热气从燃烧的土地和树丛中阵阵袭来。它总是带着火与瓜叶菊花香的气味，但是不再刺眼睛。远处的火还在劈劈啪啪响。隔一阵子就有松木跌进火内，像子弹一样发出爆裂声。

“我不知道为什么，”吕迪突然说，“今晚，我真愿意让这整座山都烧起来。”

杂货商已经带来了一盏防风灯和两条被子。他怕夜里下雨。他在跟一位坐在老妇和肥皂箱之间的青年神父说话。神父声音单调地跟老妇说话。他不在听杂货商跟他说什么。老妇带着某种兴趣在听神父说。杂货商还没把防风灯点燃，他们在一堵墙的白影子里说话。吉娜与吕迪向神父简单打个招呼。他们认识他。这是平原上一个村子里的本堂神父。

“你好，阿方斯。”吉娜说。

“你好，太太。”神父说。这些人到来使他有点儿烦。可是他勇敢地又继续说。

“他们要您签的不是在上帝面前提出的报告。不是这么回事。是仁慈的上帝同意的一桩小义务。应该去做的。如果圣母马利亚处在您的位置，她也会签的。”

老妇听着他。而老汉看着她。

“但是她会签字的。”他温和地说。

“是海关长请他来的。”杂货商对其他人解释说。

“任何人有了困难我都有义务来。”神父说。“我所有的迷途羔羊。我不是谁请来的。我来是因为我有义务来。”

“他给箱子祝福过了。”杂货商解释说——他朝神父转过身去——“我认识你有二十年了，”他说，“那么你跟我说说是不是海关长请你来的。”

这两位海关员听着，衣衫凌乱，穿了这身制服忍受着高温，从中午以来热得发傻了。

“知道了您又有什么好处呢？”其中一位说。

“你们看吧，”杂货商说，“是海关长，我可以肯定。”“听着，阿方斯，”他又说，“你说羔羊，好的，我算是，但是这一头，她不是这里的。”

神父装作没有听到。他只是望着老妇，继续对她说。

“想想她，”他说，“想想圣母，她在各各地三天三夜……”

“这也差不多了。”老汉说。

“这事浑得很，”杂货商咕哝说，“这事还是浑得很……”

老妇也是继续心不在焉地听着他们。老汉窥视着她，隐约害怕人家向她提到伤心的事情。

“会签字的，”他反复说，“现在她愿意了。”

老妇稍稍点头表示同意。

“这号事，”杂货商说，“你是神父，这类报告跟你毫无关系。”

“你母亲怎么样了？”吉娜问——她解释说——“我也是在他小时候就认识他了。”

“哦，”杂货商说，“他母亲派他到园子里偷番茄。他母亲在村里待人很和气。现在他让她在教堂敲钟。”

“她怎么样？”吉娜重复说。

“她老了。”神父怯生生地说。“吕迪太太，请跟她说她的报告还是应该签的。”

“你自己跟她说吧，”吉娜说——她考虑一下，“哪一天我去看你母亲，看看你怎样对待她，她用偷来的番茄把你抚养大，你是不是让她付出太多的代价。我不敢发誓说她跟你一起很幸福，阿方斯。”

阿方斯试图打哈哈。其他人发出一点笑声。老妇像在吉娜说话时那样总是微笑。

“她还是跟她的那些老人在一起，”吕迪低声说，“她就是要仔细观察他们，这是一种病。”

海关员心底里非常高兴有这些人来。他们站岗已经站厌了，每次有分心的事发生就抓住不放。

“依我看，”较年轻的那位对迪亚娜说，“她不愿意签连自己也说不清为什么。她不签字，我们不懂为什么，她也不见得更懂。”

“我们是理解的。”迪亚娜说。

海关员轻轻嘲弄。

“对没什么需要理解的事情，您又怎么能从中理解什么呢？”

“一切对海关员不利的事情，我们就是理解。”

“这是在跟我抬杠，”吕迪低声说，“她就是高兴这样帮老人说话，跟我抬杠，没别的。其实我肯定她恨那些老人。”

“谁不想跟谁抬个杠？”雅克说，“借老人或其他什么事都行？”他朝萨拉转过身，努力向她微笑。

“让他们去吧。”杂货商对神父说。“你去给别人做忏悔吧。这些人碍不着你。既然他们跟你说他们会签的，你就不用再操心了。”

“你们这种好意，吕迪太太，”阿方斯说，“你们是在鼓励他们坚持错误。”

“你闭嘴，阿方斯。”杂货商说。

“是的，你还是闭嘴的好，不然我要对着你的屁股来上一脚，阿方斯。”吉娜说。

“你看到她是怎样一个人，”吕迪低声说，“她找上了阿方斯，这是全村都知道的一个浑蛋。她就是需要跟谁干仗。”

“虽是这么说，”阿方斯说，“她要是把碎尸片捡起来，不就是要给他找一块墓地吗，吕迪太太？”

“打碎在地上的东西要捡起来，这是习惯，”杂货商说，“尤其是这个。你若有一点点生活经验就该知道的。当一个完整的东西打碎了，碎片就要捡起来放在一起。墓地那是以后才想起来的。”

“这可不是随便什么东西的碎片，”阿方斯说，“而是她的宝贝儿子的尸体。”他机械地对老妇说，“那么您不签字，拖多久您儿子的墓地也晚多久。”

“他要是再说，”雅克说，“我揍扁他的脸。别再烦她啦。”

老妇举起手，惊恐万状。眼睛里露出一种年深日久的畏惧，那是看到任何愤怒就会引起的。她瞧雅克，带着哀求的神情。

“原谅我。”雅克说。

他向老汉说的，老汉眼神平常地看他，但是没说什么，显然心里有两种感情，既想向他表示好感，也害怕冒犯神父。

“要把灯点起来了。”杂货商说。他哼哼着站起身，剪去灯花，用手帕擦灯的玻璃罩，把灯点燃。当他做完，宣布说：“这样做好后，就不用再做了。”

老妇被灯光弄花了眼。她低下眼睛看自己的手，然后又抬起看灯光。她的眼睛跟其他人的眼睛一样闪光，但是眼神空洞。它们在她的双手与肥皂箱上来回转动。一位海关员对迪亚娜说起女仆跟他同事的关系，迪亚娜没有在听。在箱子上有中午的番茄包菜、葡萄酒、一只橘子和吕迪的一包香烟。老妇瞧着它，目不转睛，似乎很分心。然后看自己的双手。手上总是盖着一层土与血的污垢。面孔的黝黑程度也好不了多少。然后看肥皂箱。在那时候人们看到她的眼睛始终流露出痛苦，因为孩子死去了。神父还在考虑可以跟她说些什么，促使她在死亡报告上签字。但是老汉说话了。

“那么，”他突然对杂货商说，“您把店铺扩大以后呢？”

“啊！是的，”杂货商说，“那时事情变得非常难办。单靠杂货店是不够的，”他对别人解释说，“她必须增加一个肉柜，然后又是一个菜柜。那时我们结婚已有六年。然后，菜柜以后又增添香烟，她再也停不下来了。”

老妇睁着一双孩子的眼睛又开始听。

“我对她说：为什么不经营汽车？但是她对什么都笑不出了。我那时还是很笨的，可是有了香烟我开始懂了一点，她大约生活中缺少了什么，要想挣那么多钱。那时我开始想，可能应该给她找个别的男人。当我们上市场时，我要她注意那些男人。我对她说你看那个人多叫人喜欢。她不看男人，她看蔬菜。那时我瞧着他们，我心里在想那一个、这一个都比我更适合她，我想象她笑眯眯地躺在他们怀抱里。”

“你爱过这个女人，这是肯定的。”吕迪说。

“这是肯定的。”萨拉说。

吉娜听得很起劲，但总是带着同样怀疑和反对的神情。

“我也不知道了。”杂货商说。“我那时爱她是为她，更多于为我自己，这是不是一种爱人的好方法？我对自己说，你让她投入到另一个男人的怀抱里去吧。我那时就是渴望做出这样的事，渴望做大好事的机会，就像我对你们已经解释过的。我看到自己把她给了出去，嘿，这是为你，独自一人走开，就像个爱情英雄，回到自己的杂货店里。”

“后来呢，”迪亚娜说，“还有您呢？”

“我想象自己跟另一个女人，不仅仅是跟我彩色梦中的女人，还跟其他女人。有点儿不管是谁，只要她喜欢跟着去旅行就行。我觉得不那么需要精心选择。我已经有过一个女人，也就是她。不论好与差，她当了我的老婆也管得我够多的了。所以，有了一个愿意跟我去旅行的女人我就很满意了。单独旅行，不，我做不到。”

“我理解，”吕迪说，瞧着吉娜，“单独旅行还不如不旅行。”

“大家总是以为可以做到的，”萨拉说，“但事实上不行。”

雅克对着灯微笑。

“天晚了，”吉娜说，“要给他们拿汤来了。”

吕迪打断她。

“这也是很怪，”他说，“你竟这么不愿意选择。”

“这个女人就是我太挑剔了。”杂货商说。“那时我有一个就满意了，后来我就给套住了。一个女人有了我要的品质，我就很满意娶她做妻子。我现在还在想我可能做得对。选择，我是对此怀疑的。看到自己会孤独，我就开始有点儿追求村子里所有自由的女人，所有喜欢旅游、在酒店前广场上逛得最晚的女人。另一些工作太忙的我不去动她们。这样慢慢地我在人家的眼里成了个花花公子。这个她知道。”

他刹住话头，取一支烟，深深吸了一口。

“她说了些什么？”吕迪说。

“他要是不想说，”吉娜说，“别去烦他。”

“哦！我的一生都可以说，”杂货商说，“我感觉自己就像个外人，”——他对两位老人说。“你们不是这样吗？仿佛人在这里也在那里？不单是现在待的地方？”

老妇呻吟，仿佛有人打了她。

“人在痛苦中是不一样的，”杂货商说，“这使你想起你是谁，就像在睡觉的时候有人捏了你一把。”

老妇又发出呻吟声。真叫人以为她不是疯了，就是在陌生人面前极端胆怯。但是老汉对此若无其事。

“她知道这个后说了些什么？”老汉问。

“她发火了，”杂货商说，“因为这对店铺的生意不利。于是我不再追求女人了。而她，没有人要。这不是因为她丑，她长得还讨人喜欢，但是男人见了她不会想到爱情。她也从来没想过除了我以外还会跟谁在一起，她从来不会去想，男人一看见她就知道是这样的了。”

“她很可能想是想的，只是你一点不知道罢了。”吉娜说。“她在想的事你又知道些什么呢？”

“这可以从眼睛里看出来的。”

老妇瞧着吉娜，听了她的语调隐约不安。吉娜看到了这点，笑一笑要她放心。

“不，”她又静静地说，“不是什么都可以在眼睛里看到的。”

神父显得有点不耐烦，要再说几句，但是谁都没有给他留出时间。

“虽是这么说，还是可以看见许多东西。”迪亚娜说。

“耐心这是看不出的，”吉娜说，“我的意思是说长期耐心跟一个男人过日子。”

“这倒是可能看不出来的。”吕迪说时心头有点震动。

“也可以做得眼睛里什么都看不出来。”萨拉说。

“但是让他们相信是这样的。”吉娜说。

“是的，还是这样好。”雅克开着玩笑说。

“我不喜欢那些老梦想家，他们叫我讨厌，”吉娜说，“他们不会瞧着事物，只会相互瞧着对方。”

“但是怎么办呢？有的生活让人做梦。”杂货商说。“你们看，”他悲哀地又说，“这是有用的。”

他深深吸了一口烟。

“虽是这么说，这是有用的，”他又说，“消磨时间也是好的啊。”

“是的，这是有点用处的。”吕迪说。

“你一定让你的妻子很烦心，老板，”吉娜说——她说话很温和——“听了你的故事后我可以肯定。”

“嗨，肯定的，”杂货商说，“我让她很烦心。”

“而我，”吉娜说，“一年到头天天乘船出海和在杂货店呆坐，我就不知道选择哪一个好。”

“可能是这么回事，”吕迪说，“但是既然这已经结束了……”

“对他来说，你看到这事还没有结束。”吉娜说。

老妇又开始看肥皂箱。徐徐地，没理由地，她的眼泪开始往下落。至此还没有人见过她掉眼泪。每个人都不说话了。还是老汉一边瞧着她一边开始说。他这是对着雅克说的。

“最小的孩子。”他说。他指指肥皂箱。

“但是为什么又要走了呢？”雅克温和地说。

“家等着我们。”老汉说。

“是的，”吕迪说，“家是重要的。”

“扫雷真是个苦活。”神父说。

“比什么行当都苦。”杂货商瞧着神父说。

“他找过其他工作，”老汉说，“但是服兵役以后没有找到过。”

“他是这个区里第三个踩上地雷炸死的人。”神父说。

老汉继续说，仿佛神父没说过话，心用在别人身上，眼睛只是盯着他的妻子。

“还有，他喜欢干这个扫雷工作。为什么？”

他等待着，目光停在她身上。但是她没有回答。

“为什么？谁也不知道。可能像这个样，在海边上一个人散步。干多了，就不再相信有地雷这回事，就不再害怕了。干多了。人不可能时时刻刻，时时刻刻去注意同一件事。”

这是老汉第一次说得那么多。可以说他有点儿喝多了。可能他下午跟着杂货商有点喝多了。

“这算是什么职业，”老汉继续说，“为了叫他放弃，我对他说这是流浪汉的职业，但是他不理不睬。孩子……他干了两年，可以说我们心里从未安稳过。”

老妇听着他，但总是不答话。一阵静默。

“虽是这么说，”老汉呻吟说，“苦事多着呢。”

他低下眼睛，他也是一下子快要掉眼泪了。

“我明天望完弥撒后再过来。”神父说。“劝劝她试试。”

“不用了。”杂货商说。“明天他们就签好了。不用劳驾了。海关长八点钟会带过来的。”

“我还是过来吧。”神父说。

“死了人，他们才认为有义务过来。”杂货商说。“你不用来了，阿方斯。这里没有人相信。”

神父走开。大家没对他说再见。大家把他忘了。

吉娜的女仆带了一只锅和几只盘子来了。

“你们不回来，”她说，“我就过来了。”

“这是汤，”吉娜说，“要快喝，不然就凉了。”

“谢谢，”老汉说。

“跟他们一起吃吧，”吉娜对杂货商说。“我看不出为什么也给你吃，但我还是要给你吃。别去要求理解了。”

“我不要求。”杂货商说。“自从我理解了以后，我愈来愈少要求理解了。”

“这很好。”雅克说。

两位年轻的海关员瞧着汤冒热气，像猫似的张口打哈欠。

“你们要是饿，”吉娜对他们说，“只要下山到你们的食堂去就好了。”

吉娜的女仆开始分汤。但是还没有人吃。

“我希望今年冬天能够走成，去看看他们。”杂货商说，若有所思的样子。

“有什么事会不让你去？”吕迪说。“你把门一关，走人就是了。”

“我会使他们想起不愉快的事。”杂货商说。“我不敢这样做。”

“不会的，”老汉说，“应该过来看看。村子前面又是海又是山。有点儿像这里，只是没有河。”

老妇表示不，那里不像这里。

“不完全像，”老汉又说，“不，但虽是这么说，海与山还是有的。”

“没这里热。”老妇说。

“这个也不像。”老汉说。“那里平原上日夜都有风。”

“但是我在那里做什么呢？”杂货商问，“整天待在那里能做什么呢？”

“你可以散步。”吕迪说。“以后你会找到事情做的，我打包票。”

“谁知道呢？可能我会去……”

“房子盖在山下，”老汉说，“海旁边。面对广场。”

“我总会想法子去的。”杂货商说。“坐大巴士去很近。才一个钟点。”

“改变个人生活是很难的。”吕迪说。“干什么也没这个难。”

“对自己的生活抱怨最多的那些人，其实最不愿意改变自己的生活，”吉娜说，“这谁都知道。”

“但这只是一次短途旅行。”老汉说。

“该喝汤了。”吉娜说。

“说起吃，”吕迪说，“那些蛤子酱饼味道怎么样？”

“好吃极了。”杂货商说。“她吃了。她说很好吃。”

他朝着老妇转过身去，她听到说起蛤子酱饼，突然又像个活人的样子。

“我要问您，”她突然说话，“这些蛤子酱，您是在做番茄前还是做番茄后煮的？”

自从孩子死了以后，她还是第一次这样神色轻松地说话。吉娜从头到脚身子一颤。

“这个么，”她说，“首先，蛤子酱，是的，一小时以前……以后，番茄，只是以后，加在一起，再煮一小时。”

“也要再加上一点点芹菜。”吉娜的女仆说。

吉娜好像没了力气，不说什么。

“是这个，”老妇说，“是这个芹菜。”

“芹菜，是了不起的蔬菜，”吕迪说——他的声音发颤了。“吉娜，你没有放其他东西吧？”

“我想没有。”吉娜说。

“这也是先要煮一煮。”老妇说。

“是这样，”吉娜说，“去一去水分。”

“是的。”老妇说。

吉娜站起身，对杂货商说：

“你照顾他们。你侍候他们。我们该回去啦。再见。”

“谢谢。”老汉说。

老妇也说谢谢，声音非常低。

在回家路上，吉娜突然开始哭了起来。吕迪没有问她为什么。他搂着她，他们就这样非常慢地下山到了酒店，落在所有人的后面，像一对情人。

雅克给每个人要了苦味康帕利，但是兴致不高。那天晚上，吉娜同意喝上一杯。是吕迪叫大家注意那人不在这里，这个时候不在就怪了。许多客人已经在吃了。

“应该到他的房里去找一找，”吕迪说，“叫他跟我们一起喝开胃酒。他可能生气了。”

“雅克可以去找他。”迪亚娜说。

“他会下来吃的，”雅克说，“不用去找。”

“虽是这么说，”吕迪说，“我还是去把他找来。”

他上酒店去。当他一下子不在时，吉娜说：

“我还是愿意他一个人去美国。我的上帝，我多么愿意事情是这样。”

“他会去的。”萨拉说。

吉娜抬起睁大的眼睛朝她看，目光中充满惊讶与期待，但是萨拉再也不说什么了。雅克神色茫茫，并不在听。

“你这么说，”吉娜说，“但是你不相信他会一个人去的。”

“我就像这已经做了的那么肯定。”萨拉说。“你今后不要为这次旅游操心了。”

吉娜要迪亚娜作证，微笑起来。

“她真坏，这个小女人，”她说，“但是这叫我喜欢。”

“可能是，”迪亚娜说，没有微笑，“但是应该弄清楚你自己到底要什么。”

吉娜吞下她的苦味康帕利，一直带着同样的微笑。

“我要什么，我不要什么，不用操心。”她说。“尤其是你。”

吕迪和那人出现了。他们像同学似的在聊天。

“我很抱歉，没跟你们一起上山。”那人说。“我很累。”

他跟吕迪身材一样高，但是没那么结实。他每晚都穿同样的白衬衫。

“是这样的，”吉娜说——她好像突然有兴致说话了——“天热，最初几次游泳经常都会让人感到这样。”

“夜里气压那么低，”迪亚娜说，“叫人得不到休息。”

那人朝迪亚娜一边看。他的眼睛里闪过一丝笑容。

“这话不错，”他说，“夜里叫人喘不过气来。”

吉娜又要了一杯苦味康帕利，吕迪显得很幸福。雅克喝了第三杯。突然，在喝了以后，他伸伸懒腰，好像刚醒过来似的，他又谈到他很喜欢的几天短途旅游。

“但是你们大家老是要东奔西走，到底是怎么啦？”吉娜说。

没有人搭腔。

“应该想一想吃饭的事了。”迪亚娜说。

有几位客人在入座了。女仆在酒店前面散步，迪亚娜一说到吃饭，她就立即过来了。她手里携了孩子。孩子在打哈欠。他挣脱女仆的手，爬上露天座的栏杆。

“那我给他做什么，送他回去吗？”

“我要到吕迪家吃饭。”孩子说。

“我也是，”吕迪说，“今晚我要好好吃一顿。”

“说实在的，酒店里吃得真差。”萨拉说。“饭后您送他回去。”

“那我呢？”女仆说，“我在哪儿吃？”

“在我家。”吉娜说。“那里够您吃的。”

“那今晚就这样啦？”女仆问。“您出去吗？”

那人一动不动。雅克整张脸上一阵颤动，立刻压了下去。女仆等待着回答，神情总是同样不乐意。

“我不知道。”萨拉说。

“我早就料到这点，”女仆说，“总得知道您要干什么吧。”

“我过会儿再给您说。”萨拉说。

“不是这样，”女仆说，“今天早晨您还说您要出去，现在又……”

“但是我很可能回去。”萨拉说。

“要为人家想想吧。”女仆说。

雅克盯着女仆。突然说：

“人人都会改变主意的。她做什么您会看到的。”

女仆携了孩子的手，耸耸肩膀，上吕迪家去。她还没有走出十米，就往回走。

“要是万一您又改变主意了，”她说，“您可以叫人到吕迪家来通知我。”

“好的。”萨拉说。

“今晚我或许会乘了船去兜风。”迪亚娜随随便便说。

“这几天的气候，到了黑夜会起浪，”那人说，“不过不大……”

“嘿，”雅克说，“我以为您在海面上已经玩够了。”

其他人又已经开始谈这次肯定不成功的假期，以及补救办法。

“我说，”吕迪说，“我相信问题在于做一切都太晚，晚饭吃得太晚，玩球玩得太晚。于是早晨又起不来，游泳游得太晚，一切都反复循环……”

“肯定是这样，”迪亚娜含糊其辞说，“但是生活中有什么事做得不太晚吗？什么算是及时起床了呢？”

“我们就今晚早点吃晚饭来开个头，”吉娜宣布说，“来开始新时代。要是你愿意这样。”她对吕迪说。

他们走开了。许多客人已经开始吃了。那人在他们旁边单独坐在自己的桌边，像平时一样，菜单又一次只有清汤和烤鱼。他们不声不响喝汤。雅克也是。那人也是。然后烤鱼来了。雅克长时间瞧着烤鱼，然后他拿起盘子，放在窗沿上。

“这次，不行。”他说。“结束了。我再也受不了了。”

“我也是。”迪亚娜说。

雅克又拿起盘子，举到餐桌上。他的双手发抖了。他叫酒店老板。

“没必要把它扔到地上。”萨拉说。

“这倒是。”雅克说。

老板来了。这是个大身材的男人，动作迟钝。

“您可以把您的鱼收回去。”雅克说。“我没法把它们吃下去。”

“还有肉片和鸡蛋，”老板急忙说，“您要也可以。”

“肉片和鸡蛋。”雅克说。“两个都要。”

老板端了鱼走开，然后走到棚架中央又折了回来。

“我忘了说换菜的价钱是套餐的两倍。”

“就是三倍，”雅克最后笑着说，“对我也一样。”

那人也没有碰鱼。他一边吸烟一边等着老板把雅克桌上的鱼带回厨房，然后轮到他喊他了。

“原谅我，”他说，“但是……真的，我也不行，不能再吃这个鱼。我要换肉片和鸡蛋。”

"两个都要？"

"是的。不管换的是什么菜。"

雅克转过身。他们相互一笑。其他客人已经吃了自己那份鱼。老板带着某种胆怯的心情让他们评评理。

"到海边来不就是吃鱼，吃鲜活的好鱼的么？今年的客人我真弄不懂了。"

"到海边还是不到海边，"一位客人说，"没有人能够天天吃鱼这才是真的。大家都吃够了。"

老板朝着厨房飞快走去。雅克朝那人转过身，他笑了。

"耐心也有个限度。"他说。

"是的。"那人说。

他们开始大笑。迪亚娜也是。她朝萨拉俯下身，对她说：

"每个人吃着这样的套餐都闷声不响，真怪。雅克，好样的。"

"这需要想象力，你看到吧。"雅克说。

酒店所有客人从这时起都开始议论这个黑心

老板、这家黑店。大家在这几点上都一致同意。很快又换了个话题。谈到了其他事。也就是谈到这次不顺利的假期。谈到天热。谈到以前的假期，谈到下次的假期，都巴望过得好些。山与海、冷与热对大人或对孩子的不同好处。每人都知道有个度好假期的绝妙去处，但是谁也不说为什么他没去。总之，大家都觉得回到或待在这个地方是挺自然的。迪亚娜说出愉快的假期与沉闷的假期的区别。这个假期是沉闷或只是不尽如人意？还是应该说不尽如人意，不算是沉闷，大多数人对此同意，除了一位女士，她觉得沉闷。说到天热，一致认为实在难受，谁都没法躲避，单是对付天热就占了你全部时间。这样，单是天热就代替了工作。就是这么一回事。天热与天冷是非常不同的两件事。天热总是令人想到度假，而天冷不是。天热的悲哀，太阳的焦虑，正如迪亚娜说的，肯定不像天冷那样令人感觉在心头，其实天热还更要命。可是天热可不用工作，只供玩乐，而天冷显然更有收获，激励人去行动。人到了冬天主意就多。但是夏天才更好表现人的真正天性。人的行为在夏天比在冬天更有意义。总之这是大家可以相信的。在阳光下，心情开朗，让人一望而知。每个人都对假期的本质有一番见解。有人不相信假期在生活中的必要性。有人认为假期是不可或缺的。城市叫人神经紧张。生活在哪儿都不容易，这点大家一致同意。于是又谈到了大家各自过着这种生活的城市，还有愿意在那里去过这种生活的城市，还有首都、外省城市、国际大都市、它们的不同优点与它们的缺点。每个人谈到自己的城市都带一种明显的怀旧，有点像谈到一次流放。不论城市的生活多么艰辛，每个人都很珍视它带给他的人生形态，也乐意为它辩解，说这还是最不错的。

那人、雅克、迪亚娜和萨拉这组人谈话很少。但是除了雅克引起的套餐插曲以外，这顿晚餐还是平静的，跟平时并无两样。吉娜和吕迪吃了晚饭很快又来了。谈话并不因此而中断。吕迪立刻参加交谈。他说他很愿意到一座国际大都市去生活，这是他一生的梦想。吉娜说她讨厌这类谈话，因为一般不会有什么结果，目前迫切的事是玩球，她想死了。其他人不慌不忙表示同意。吉娜脾气变化无常，许多人都觉得专横，不少人感到不自在。正在谈论球赛时，河两岸的舞会先后相隔几分钟也都开始了。近处的舞会演奏《蓝月亮》，另一个舞会演奏一首陌生的曲子。那人像做贼似的瞧萨拉。每个人都在桌子边站起。那人依然独自坐着。雅克犹豫一下，向他走过去。那人依然坐着。

“您不去玩球吗？”

他们挨得很近对着看。

“我累了，”那人说，“我不想玩。”

“您最好是去睡。”吉娜说。“最初几天就是这样的，明天就会好些了。”

“我希望您一起去，”吕迪说，“但要是您累了……”

“我也是。”雅克说。大家可以相信他说话的语调很温和。

迪亚娜窥察雅克。

“他要是来我们都会很开心，他不会不知道。”迪亚娜说，好让大家不再坚持。

“原谅我，”那人对雅克说，“还有就是我要到河对岸的舞会去。”

“这倒是个主意。”吕迪说。他勉强笑了笑。“那个舞会的女孩比这里的漂亮，这是肯定的，我不知道为什么……”

“那么，”雅克说，“再请也没用了？”

“原谅我。”那人说。他又说：“还有我明天必须起个早。我本来就要对你们说的，我也要外出去短途旅游几天。”

静默了一会儿。雅克始终站在那人面前。

“可惜，”吕迪终于说，“这个地方叫您也不喜欢。”

“我几天后回来取船。你们要我可以把船给你们留下，”——他向吕迪微笑——“我教您驾驶。”

“不，”吕迪说，“我喜欢的是好几个人在船上，不是一个人。”

“我就是一个人待在船上，我相信也挺开心的。”吉娜说。

吕迪好像没听见。

“就是最后一个晚上了您也不愿意一起去吗？”雅克问。

“不。”那人说。“原谅我。”

这群人在去球场的路上分散了。雅克一个人走在大家前面。迪亚娜叫他，他朝她走去。萨拉单独走了一会儿。然后吕迪像猫似的蹑手蹑脚过来跟她并排走。

“你还在恨我。”他轻声说。

“说我这人坏心眼？”

“是的。”

“没有好奇心？”

“是的。这话我是在气头上说的。雅克对我说他也是在气头上把这话对你又说了一遍。我很遗憾。”

“不。”萨拉说。“我恨过你几天，尽管明白你是对的。现在我不恨你了。”

“为什么你对我说我是对的？那你现在还在生气吗？”

“不生气了，因为我这人真的有点坏心眼。这些事大家都知道。”

“这是真的，”吕迪若有所思地说，“你有点坏心眼。但谁不是？我也是。雅克也是。”

“我比雅克还坏心眼。”

“像吉娜？”

“我不知道。”

“为什么大家都是这样坏心眼？”

萨拉不回答。

“你知道，”吕迪又说，“可能是爱情久了使人这样坏心眼的。伟大的爱情是座金监狱。什么都没有爱情那样把人关得死死的。关得久了就使人坏了心眼，即使最好的人也是。”

“大约是这么一回事。”萨拉说。她隔了一会又说：“既然我知道了我这人坏心眼，你还是应该爱我。”

“我的小女孩，”吕迪把她搂紧了，“我会永远爱你的。”

“要是你不爱我，”萨拉说，“这就可怕了。”

“我会永远爱你们的，你和雅克。一辈子。我那么爱你们，有时觉得从你们开始我发现了友谊。”他又说，始终若有所思的样子：“还是从你们开始我觉得没有朋友的人，像我们这样，是有残疾的人。”

他们继续走路。

“这些充满坏心眼的事叫我烦。”吕迪说。“怎么又能不这样做？”

“可能没有什么办法。”萨拉说。

他对这事再也不说什么。她用另一种语调问他：

“吉娜今晚那么高兴，你看到了吗？”

“我看到了。”

“哦！我真愿意她变一变，永远像这个样。”

“谁知道呢？”吕迪说——他想一想——“告诉我，你是不赞成吉娜的？”

“是的。但是我会在任何人面前维护她。”

“我知道，”吕迪说。“我对吉娜也是这样。但是可能我对她有点坏心眼。”

吕迪的思路改变了。

“告诉我，我觉得这人跟我们口是心非。他说他累了，他又说要去参加对岸的舞会，那他又为什么要说自己累了呢？”

“一个人可以对某件事累了，然而并不因此而去躺着。”

“虽是这么说，”吕迪说，“他要是怪我们，我就挺为难。可能雅克说得有道理，这人有点——怎么说呢？有点跟我们不一样，可能是个并不太关心政治和其他问题的人。但我觉得他还是挺客气，他跟其他人不一样，他叫我喜欢。”

“是这样，”萨拉说，“他跟其他人不太一样。”

吕迪的目光偷偷看过来。

“雅克，他对人的看法有点严厉。我觉得他对他严厉了一些。”

“但是我相信现在他对他算是可以的了。”

“不管怎样，他们现在相互说话了，语调可能怪，但是相互说话了。”

“这是真的。”

“你跟这人很谈得来。”吕迪说。

“是的。”

他又语调轻松地接着说：

“我觉得你跟大家都谈得来，比雅克好，你这人……我不知道怎么说……没他那样挑剔。”

“这要看事情，”萨拉说，“并不总是这样。”

他们不说了，取出香烟，点燃。

“你悲哀的时候，我不喜欢。”吕迪说。

“我是想跟你说说的。”

“不，不要跟我说。”吕迪说。

他突然走得快了一点，然后又停下，握住萨拉的手臂。

“我的小萨拉，”他说，“试试看不要悲哀。”

“我不悲哀。”

“可能你还是应该跟雅克和迪亚娜去作这趟

旅行的。”

“可能。”

他们开始低着头走路。他对吉娜有过一种惟一的、排他性的爱情。人的感情的分歧与矛盾总是使他惶惑不安。

“我要跟你说个事……”他说话艰难缓慢——“你昨晚跟我说的话，不知道为什么，有点叫我害怕。我重新想到这事，这有点叫我害怕。”

“什么？”

“你说到语言、苦涩等事，那时你说人做的事跟说的话产生同样的效果，这些事同样可以使你解脱苦涩与坏心眼，你记起来了吗？”

“这只是说说罢了，没必要害怕。”

他们还是走了一会。吕迪把她的手臂抓得更加紧了。

“我还要跟你说另一件事……我，比如说，我会不顾许多人、各种各样的人……为了别让雅克受伤害。我想跟你说的是这个。这是我的臭脾气。”

他等待了一会儿。

“你会不顾他们吗？”

“当然。”萨拉说。

他们走到了。像前一天，兴奋地组成比赛队伍。像前一天，萨拉不参加，这对大多数人是很自然的。吉娜把雅克拉进自己的一队。还有迪亚娜。迪亚娜和雅克玩的兴致都不大，但他们还是接受了。

是雅克首先投球。他一个人在赛场上，正在瞄准，他漂亮的脸盖满了阴影。天热对他是合适的。也值得到这个地方来。萨拉觉得已有很长时间他们相互没说话了。

她等待很久，等待所有其他的球员都投完球，轮到雅克再投的时候走开。该雅克玩了。迪亚娜和吉娜站在他两边，监视着他投。他们的队正在输去。雅克投球，把对手吕迪的三只球都撞开。迪亚娜与吉娜大声欢叫。雅克还可以投两次。萨拉从凳子上站起，走出篱笆。当她到了小路上，她转身，看到雅克手里揣着两只球，正瞧着空凳子。但是吉娜使劲催他投。他投了。只有吕迪还瞧着那张凳子。

船工在那里，躺在他的船里。他正在跟上一天抱怨舞会停办的两位青年说话。

“你们看到啦，”船工说，“他们最后还是又开了。”

“每次村里死了个人就要停办舞会，哪能有这个道理。”一位青年说。

船工解释说这次死亡事件不是平常的死亡事件，这位年轻人虽离战争很远但是个真正的牺牲者，村镇是以这个名义来纪念这次死亡的。然后两位青年问他河对岸舞会的情况。那边是不是有许多年轻姑娘?

“他们这样说。”船工说。“他们说更好玩，人更多。”

“音乐呢? ”

“你们从这里就可以听到，”船工说，“这个都差不多，不是么？”

他们被他说服了。

“这一位，您过河吗？”船工问萨拉。

“不，”萨拉说，“太晚了。”

“我看出来了，您从来没去过那里的舞会。”

“想都没想过。”萨拉说。

他们走了。她溯河而下。那边山上防风灯不再闪烁。他们应该睡觉了——把死去的儿子接回家以前的最后一夜。那位老妇应该没有睡觉，或者像只苍蝇那样睡着，把痛苦隐藏在心里，空中弥漫烟火的呛味，四周是爆炸后的黑色散石子。没人能够想象这位老妇人怎样了，她超出了任何想象。世界在她的周围照常运转。河的两岸是空的。一部分人在舞会里。另一部分人在船上兜风，更好享受夜晚的清凉。山火又一次往外扩散。火光在多处地方把平滑的河面染成血色。村里的人都在议论这件事。这条河谁都不否认很美。海水的反光把整条河都照亮了，直至远处的河湾，使它闪烁得像旷野里的日出之地。其实这是美乡，远远胜过其他地方的度假胜地。但夏天是太严酷了。在河的对岸，平原上遍地也是夜晚的清凉，像花似的尽情烂漫。白色海滩线在西面把它拦住。玉米地再也显露不出浓密的暗影。

雅克在船工回来前到了。他没有马上看见她。他走上浮桥，现在轮到他凝望海边的玉米地。

她溯河而下后又溯河而上，她朝他走去。他一跳，像个受惊的人。

“晚上好。”他说。

“晚上好。”

“你等船工？”

“不，我不等船工，我待上一会儿，然后回家。”

他就地坐在小路上。她借了路灯的光看见他闭上眼睛。她走开一步，又一次朝河转过身去。他站起身，朝她走去。

“这不是那么重要，”她说，“我愿意跟你度的那些假期。”

“我知道。去不去你是自由的。”

他们两人都朝着河看，相互不说一句话。船工已经在回来了。

“去不去你是自由的。”他又说了一遍。

在小路上，吕迪始终像只猫似的走过来。

“你要，”她说，“我们可以去帕埃斯图姆。”

“你要就去。”他隔了一会说。

“我们也可以约了吕迪一起去。”她说。

吕迪走到他们附近。

“晚上好。”他说。他又说：“我不知道为什么，今晚打球我没劲。”

“我们正在说可以上帕埃斯图姆去走一走。”

“帕埃斯图姆很美。”吕迪说。

“你可以跟我们一起去，”雅克说，“大家在塔尔奎尼亚停一停。”

萨拉听不出这是雅克的声音。他说话的语气烦躁。

“去塔尔奎尼亚，这是个好主意。”吕迪说。“你们会看到伊特鲁里亚墓地上的那些小马。它们英俊得我不知怎么说才好。”

“你可以带我们去看看。”雅克说。

吕迪挠头。

“这个时候我没有太大的兴致去旅游，”他说，“错过这些小马是可惜了，我真愿意带你们去看。有时候导游也不带你们去看，因为墓地离城市太远了，真是的。”

“但是我们可以带吉娜去，”雅克说，“车子里有座位。”

“她是绝不会去的，”吕迪摇头说，“你不了解她……她会说些莫名其妙的话，她会找出理由说为什么不去。”

“我可以跟她去说。”雅克说。

“不，”吕迪说，“我也是很愿意跟她去看看。我连想都不应该想。我不应该再去想我可以跟她一起去看些什么，我只是想我可以看到什么，但是用不着她待在我旁边。我相信我应该做到这样。”

船工到了，他们再也没有对塔尔奎尼亚说什

么别的。有两位少妇下船来，非常快活。

“我们还是可以谈谈的，”雅克说，“跟吉娜也可以。”

“你愿意，”吕迪说，“总是可以谈谈的。”他对着萨拉说：“过来跟我们去玩球吧。”

“让她回家去吧。”雅克说。

她随着他们走了几步，走到那棵死梧桐树前，那棵树有人说在那些坏日子里不仅仅是被那些碎石子杀死的。

“我应该回去，”她说，“没什么理由……”

吕迪犹豫一下，对雅克说。

“我跟她待一会儿，然后我上球场找你。”

“我也不太想玩了。”雅克说。

“那么，大家可以喝上一杯，”吕迪说，“三个人。”

“好吧。”雅克说。

“我不行。”萨拉说。“我原来要跟吕迪说个事。那个人在河对岸的咖啡馆里等我，让他去跟他说一声不用等我了。”

吕迪没有回答。他低着头盯住小路看。

“跟这人应该讲礼貌。”雅克说。

吕迪一直没有回答，甚至连头也不抬。

“去吧，”雅克说，“我在酒店等你们。”

“那我就回去啦。”萨拉说。

雅克走到酒店的棚架下，萨拉单独跟吕迪留下。

“你要我去是真的吗？”

“你没有理由不去啊。”

“我不知道向他怎样解释。”

“你不用向他解释，他望见你就明白了。”

“你不很想再见他吗？”

“这不是那么重要，我对他毫不了解。”

“我就去了。”吕迪说。

他一步跨上浮桥，又朝她回头走。

“没什么爱情假期，”他说，“这是不存在的。爱情，必须完全承受它的厌烦与一切。它不可能有假期。”

他说时没有瞧她，而是面对着河。

“这才是爱情。人是不可能摆脱它的。就像不能摆脱生活，以及它的美、它的丑和厌烦。”

船工耐心地等着。吕迪是他惟一的乘客。

“要是你们在塔尔奎尼亚停留，”吕迪继续说，“我相信我还是会跟着你们去。”他没有诚意地又说：“因为那些导游懒，他们不会带你们去看小马的。要是你们看不着，那也就不用去了。”

“可能吉娜会跟着我们去。”萨拉说。

“可能。但是不要太勉强她去。”

“不，不会的。”

“她也是，她有权利表现她的坏心眼，你理解的。”

“我理解。”

“但我老是跟她说起这些小马，可能她还是会去的。”

“我明天早晨上海滩去的时候问她。”萨拉说。

“好吧，”吕迪说——他轻轻地又说——“现在我去见那个人了……你……你就回去了？”

“我回去了。”

“好吧。”吕迪说。

吕迪跳上船。萨拉还在那里待一会儿，瞧着雅克独自在酒店的棚架下喝康帕利，然后她走开了。

女仆已经上床了，但是她还没有睡着。

“来啦，我料到会这样。”她看到萨拉说。

她在床沿上坐下，点燃一支烟。女仆有点吃惊，没说话。

“您知道是怎么一回事。”萨拉说。“早晨想做一件事，去舞会，到了晚上……总会来些什么事。”

“我理解。”女仆说。

“还有，”萨拉说，“您知道他们明天上午走吗？”

“她签字了吗？”

“要做的总要做的，她签字了。”

“可怜的女人，”女仆说。“这类事真可怕。但是您看，他们最终还是走了的好，想到这里，真叫人没法呼吸……就是昨天晚上在舞会上，大家都在想这件事。”

她站起身，开始梳头。萨拉坐在她的床沿上瞧着她梳头。

“他会高兴死了。”她说，对着镜子朝自己微笑。

她奔到浴室里去穿衣服。萨拉走去看孩子。窗子又一次关着。她打开窗，朝孩子走去。她挨着床脚在房间阴凉的地砖上躺了下来。在那里，她又开始向他说到其他的假期，夜夜凉快有风。她希望这天夜里雨会下来，她抱着这个希望很晚才入睡。

Marguerite Duras
Les petits chevaux de Tarquinia

图字：09 - 2006 - 160 号

图书在版编目(CIP)数据

塔尔奎尼亚的小马 / (法) 玛格丽特·杜拉斯 (Marguerite Duras) 著 ; 马振骋译. -- 上海 : 上海译文出版社, 2025. 8. -- ISBN 978-7-5327-9959-6

Ⅰ. I565.45

中国国家版本馆 CIP 数据核字第 2025UR1642 号

塔尔奎尼亚 的小马 Les petits chevaux de Tarquinia	玛格丽特· 杜拉斯　著 马振骋　译	责任编辑　缪伶超 装帧设计　汐和 at compus studio 封面插画　boho

上海译文出版社有限公司出版、发行
网址：www.yiwen.com.cn
201101　上海市闵行区号景路 159 弄 B 座
山东韵杰文化科技有限公司印刷

开本 890×1240　1/64　印张 5.000　插页 6　字数 92,000
2025 年 8 月第 1 版　2025 年 8 月第 1 次印刷

ISBN 978 - 7 - 5327 - 9959 - 6
定价：62.00 元